言葉で人を
傷つけてしまった少女は、
二度とお喋りが
できないように
言葉を
封印されてしまいました。

がってるんだ。

豊田美加
原作：超平和バスターズ
［小説］
心が叫びたがってるんだ。
Beautiful Word
Beautiful World

揚羽高校二年二組。楽しくもごく普通の毎日を過ごしていた
生徒たちに降ってきた使命「地域ふれあい交流会」。
やる気もない、面倒くさい―― そんな教室で担任から飛び出した
衝撃発言は……「実行委員、決めてきました!」。

CHARACTER

成《なる》瀬《せ》 順《じゅん》

幼いころは明るく夢見がちな女の子だった。
しかし、何気なく口にした言葉が家族を
バラバラにしてしまう。
そのとき突然現れた玉子の妖精に、
お喋りを封印され、
以来目立たぬように毎日を過ごしている。

坂《さか》上《がみ》拓《たく》実《み》

ある事情から両親と離れ、
祖父母と暮らしている。
いつも周囲を冷めた目で眺めており、
本音を表に出すことは少ない。
部活はＤＴＭ研究会に所属。
友人の岩木いわく「押しに弱い」。

仁《に》藤《とう》菜《な》月《つき》

チアリーディング部の部長。
明るい性格の持ち主で
クラスの人気者でもある。
拓実と三嶋は中学校の同級生なのだが、
ある出来事から、
拓実とは距離を
置くようになってしまった。

田《た》崎《さき》大《だい》樹《き》

野球部に在籍中。
前年の地区大会ではエースとして活躍し、
甲子園初出場も期待された逸材。
しかし肘を壊してしまったため、
現在は練習もできず、
もどかしい日々を送っている。

CHARACTER

順の父

成《なる》瀬《せ》泉《いずみ》

順の母

坂《さか》上《がみ》八《や》十《そ》八《はち》

拓実の祖父

玉子の妖精

幼い順の前に現れた玉子の姿をした妖精。

坂《さか》上《がみ》シン

拓実の祖母

城《じょう》嶋《しま》一《かず》基《き》

二年二組担任の音楽教師。愛称は「しまっちょ」。

三《み》嶋《しま》　樹《いつき》

野球部。大樹のクラスメイト。

宇《う》野《の》陽《よう》子《こ》

チアリーディング部。三嶋の彼女。

岩《いわ》木《き》寿《とし》則《のり》

DTM研究会。拓実のクラスメイト。

山《やま》路《じ》一《かず》春《はる》

野球部。大樹の後輩。

江《え》田《だ》明《あ》日《す》香《か》

チアリーディング部。

相《あい》沢《ざわ》基《もと》紀《き》

DTM研究会。拓実のクラスメイト。

「むかーしむかし、
あるところに、
とてもお喋りで、
とても夢見がちな
女の子がおりました。
その女の子は、
お山の上にある、
お城に憧れていました」

口は閉ざしても
心は閉ざせない順、
優しさゆえに
本音を表に出さない拓実、
不器用だった
過去の恋愛の傷を
抱える菜月、
甲子園の夢破れ、
やさぐれてしまった大樹。

みんな、本当は
叫びたい気持ちを
抱えている——。

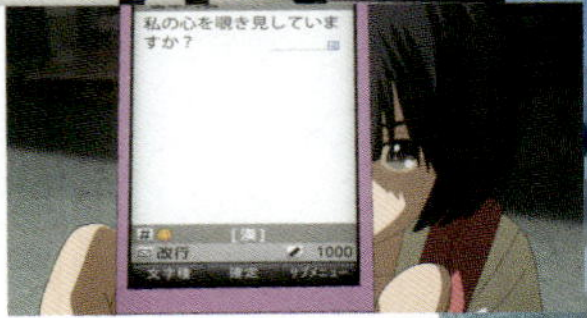

田中将賀　総作画監督修正原画集

物語はここから生まれた

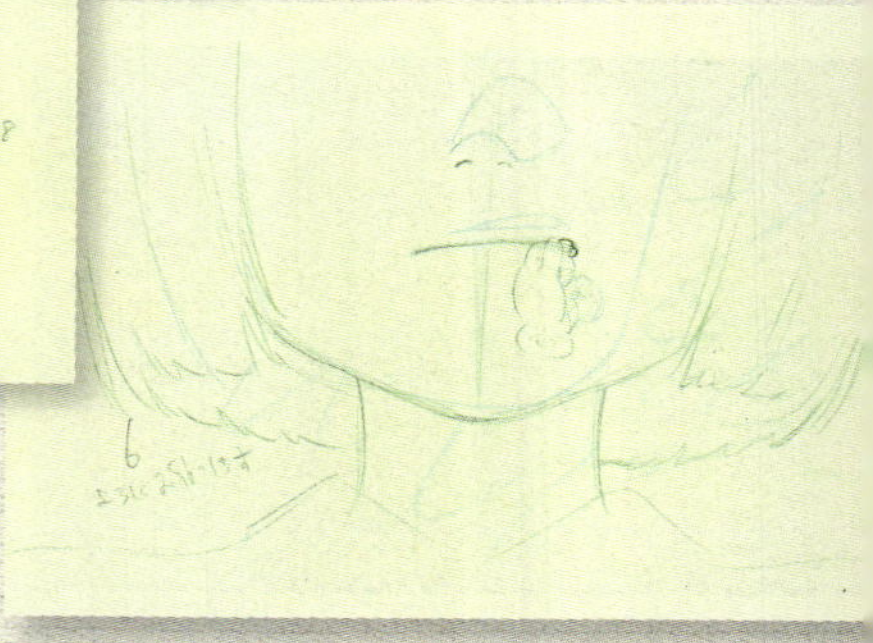

２年２組クラス座席表

教卓
城嶋一基
成瀬
北村
錦織
鈴木
斎藤
渋谷
明田川
高村
清水
石川
三上
岡田
岩木
渡辺
田中
坂上
相沢
栃倉
賀部
仁藤
江田
小田桐
福島
岩田
宇野
三嶋
田崎
←窓側
廊下側→

小学館文庫

小説　心が叫びたがってるんだ。

豊田美加

原作　超平和バスターズ

小学館

1

耳にさしたイヤホンから、軽やかなメロディーが風のように流れ込んでくる。

立ち並んだ中古住宅、コンビニ、点在する畑や田んぼ、シャッターが降りたままの個人商店――ありふれた郊外の、ありふれた通学路。

家から高校までの変わり映えしない道のりを、坂上拓実《さかがみたくみ》は、小さく鼻歌をうたいながら自転車を漕《こ》いでいた。

……今日の一限目、なんだっけかな。

そんなことを考えていたら、ふ……ふあ～っ……あくびが出た。大口を開けて息を吸い込んだせいで、朝の冷たい空気が肺に突き刺さる。

盆地特有のうだるような暑さが去って、今はもう秋誰もいない海。と、いっても、ここに青春をバカヤローする海はない。

あるのは、街をぐるりと取り囲む、赤や黄色に色づいた山々だ。

ところが山は海とちがって思春期のメランコリアに容赦ない。バカヤローと叫んだら、確実にバカヤローと返してくる。

ここいら一帯の山地は、国立公園や、県立の自然公園に指定されている。紅葉の時期ともなると、まるで絵画のような景観が広がり、登山客や観光客なんかは、それこそバカみたいに写真を撮りまくってる。

が、この地で生まれ育って十七年。毎年毎秋、おんなじ景色を眺めてきたのだ。美人ですら三日で飽きるというのに、若者の青い衝動になんの影響も及ぼさない美しさなど、なんの意味があろうか。

最近の拓実はというと、衝動なんて面倒なモノとは、できるだけ距離を置いて生きている。

やや草食寄りの、いたって平凡な顔立ち。

身長は高くも低くもなく、体型は痩せても太ってもない。

規定どおりの学生服に、天然くせっ毛の黒い髪。少し長めなのは、散髪をサボった単なる無精だ。

速くも遅くもないスピードで、淡々と自転車を漕ぐ。

やがて曲が終わった。「サークルゲーム」――か。季節の移り変わりも、学ランの時季がきたな、程度の認識しかない。

自転車を慣性で走らせつつ、制服のポケットに手を突っ込んでスマホを取り出す。

音楽アプリを止め、再びポケットにスマホを戻したとき――。

「ああっ！」

すっとんきょうな声とともに小さな物体が道に転がり出てきて、拓実は急ブレーキをかけた。

「とっ……！」

玉林寺の石柱の前。前輪のすぐ前で止まった、拓実の目に映ったそれは。

――は？

思考がつかの間、停止する。

楕円《だえん》の形状。赤や青やオレンジや黄色や、とにかくハデに色づけされているが、ちらりとのぞく白い地肌。

これは――どこをどう見ても。

「……玉子？」

「お兄ちゃん、お兄ちゃん！　拾って拾って！」

「へ？」

声のほうを見ると、寺の階段に続くゆるやかな坂の上で、おじさんが尻もちをついている。そのすぐそばにダンボール箱が落っこちていて、中からコロコロコロコロ……。ヒモでつながっていたらしいカラフルな玉子が、いくつも転がってくる。

「えっ……!?」

自転車から降りてスタンドを立てるや、拓実は慌てて玉子を拾いはじめた。

なりゆきでおじさんを手伝うことになった拓実は、階段の脇にある、小さな祠《ほこら》の存在を初めて知った。

中には、ヒモでつながれた色とりどりの玉子が、吊《つ》るし雛《びな》のように飾られている。

このイースターエッグもどきは、いったいなんのために?

「『言葉』……?」

「ああ。ここの……おう、ありがと」

おじさんはいったん話を切り、拓実の差し出した玉子を受け取った。

「ここの神様は、お喋《しゃべ》りが大好きなんだいな」

説明しつつ、祠に玉子を吊るす。

毎朝毎夕、この寺の前を通っているというのに、ちっとも知らなかった。そもそも参拝したことがないので、当然と言えば当然であるが。

「こいつの中身、頭と尻に穴開けてからっぽにしてよ。んで、いろいろ喋りかけてな、いろんな『言葉』を詰めるんだってよ」

拓実は、思わず足元のダンボールを見下ろした。

玉子の中に言葉……ねえ。

「言葉って、どんなのでも、いいんですか？」

新しい玉子を取り上げてしげしげ見ていると、寄こしな、というようにおじさんの手が伸びてきた。

「そ。いい女とやりてぇとか、あいつ殴りてぇとか、なんでもな」

それっておじさんの願いじゃねえの。というツッコみは控えておく。

「そいつをこうして捧《ささ》げてやると、お供えの代わりになる」

「へえ……」

見れば、吊るし玉子はゆらゆら秋風に揺れている。

「そうすると、どうなるんですか？」

「は？」

おじさんはきょとんとした。それから難しい顔で腕組みをすると、しばし空を見上げ、かるーく言った。

「んーまあ、なんかしらご利益《りやく》があるんじゃねぇけ」

「……アバウトすね」


寝坊した者、朝からツイートしまくっていた者、髪の巻き具合が気に入らなかった者。県立揚羽《あげは》高等学校の正門を、そんな生徒たちが、急ぎ足で駆け込んでいく。

廊下では、昨夜観《み》たドラマの話で盛り上がったり、忘れた教科書を別クラスの友達に借りにきたり、プリントの束を抱えて歩いている日直らしき生徒がいたりと、チャイムが鳴るまでの数分間を、みなそれぞれに忙しく費やしている。

校舎に溢《あふ》れる、にぎやかなお喋りと笑い声。

二年二組の教室もまた、ほかの教室と同様、騒がしいことこのうえない。

そんな中、窓際の一番前の席で、ぽつんとひとり座っている女子生徒がいる。うつむいているので、顔はよく見えない。キャラクターものの手帳を開いて、せっせとシャーペンを動かしている。

「………」

洗剤、チクワ、エノキ……スーパーの買い物リストと同じページに、飾り羽のついたつば広の黒い帽子をかぶり、チョビ髭《ひげ》を生やした、奇妙な玉子の紳士の絵。

そして、その下に、こんな一文が書いてある。


『玉子の中には、なにがある』


彼女の名前は、成瀬順《なるせじゅん》。

肩の上でざっくり切った寝ぐせつきのボサ髪、縮こまり気味の小柄なからだ、ワケのわからない落書き……すべてが、このクラスでの彼女の存在を物語っているようだ。

「んで、けっきょくどうしたん？」

窓際最後列の席で、野球部の三嶋樹《みしまいつき》が、机を椅子代わりにして話している。

「ん？　まあそりゃもちろん」

隣りの席で質問を受けたのは、同じく野球部の田崎大樹《たさきだいき》。一八〇センチを超える長身で、坊主頭がひときわ目立つ。

が、いま現在それよりも目立っているのは、白い三角巾で吊った右腕だ。

「ケツバット、ドーン！」

自由になる左腕で、大樹がバットスイングの真似《まね》をする。

「ぶははは！」

一瞬の間のあと、三嶋が噴きだした。

「ひっどー！」

三嶋の椅子に座っていた彼女──この場合、つきあっている女子、エッチなこともしちゃう間柄、という意味での彼女──宇野陽子《うのようこ》が、目を丸くしつつ、ぽっちゃりした頬にえくぼを作った。


「あ、ここのユニフォームかわいい！」

反対の廊下側の席では、仁藤菜月《にとうなつき》が、チアリーディングの雑誌を読んでいた。ストレートの長い髪と、口元のほくろが印象的な美少女。おまけに、チア部の部長という完璧ぶり。男女問わず好かれているのは、その明るい性格ゆえだ。

「どれ？　あー、本当、色のバランスいいね。このロゴとか」

前の席から、ボーイッシュなショートヘアの江田明日香《えだあすか》が、雑誌をのぞき込んでくる。

「あ、そうだね」

菜月と明日香、そして宇野陽子の三人はチア部のチームメイトだ。

ふと、明日香が目線を上げた。菜月もつられてそちらを見る。

窓越しに廊下を歩いていく、カバンを肩に掛けた、少し猫背気味の後ろ姿が——。

「！」

中学時代からの親友は、こんなときに困る。

菜月は雑誌に目を戻し、さりげなく話を続けた。

「やっぱりロゴがいいと全体が締まるっていうか……」

拓実が教室に入ると同時に、予鈴が鳴った。

席は、窓際の前から四番目。黒板を横切って、一番前の席——成瀬順の脇を通り過ぎる。

やれやれ間に合った……とはいえ、とくに急いだわけでもないが。

机にカバンを置いて、中から教科書を取り出そうとチャックを開ける。

「はよ、拓ちゃん。遅かったね」

横から声をかけられた。

子ザルによく似た顔がニコニコしている。友人の岩木寿則《いわきとしのり》だ。拓実の隣りの席の、これも友人の相沢基紀《あいざわもとき》と、朝のミーティング中らしい。

「んー、ちょっとな」

玉子の経緯《いきさつ》を、ひと言で省略。

相沢はイヤホンをつけ、小太りのからだを揺らしながら、スマホで音楽を聴いている。

「おー、いいじゃん。岩木も腕上げたな！」

顔の真ん中に位置するあるかなきかの起伏、つまり鼻の先までずり落ちてきた眼鏡を指で上げつつ、相沢が言った。

「そう？」

「あ、拓、はよー」

「んー」

やっと気づいたか。

メタボ相沢とチビの岩木。ふたりとも、拓実の親友で、部活仲間だ。

ちょうど始業のチャイムが鳴る。

「よース、席ついてみっかー」

出席簿で肩を叩《たた》きながら、しまっちょ——担任の城嶋《じょうしま》が、教室に入ってきた。よれたチノパンに便所スリッパ、細身面長のゆる〜い顔。これで音楽教師とは泣かせる。

城嶋が教壇に到達する寸前、あちこちに散らばっていた生徒たちが、フルーツバスケットのごとく交差して自分の席につく。

「ええー、こないだ決まらなかった『地域ふれあい交流会』の実行委員ね。あれ、もうタイムリミット。いま決めまーす」

開口一番、城嶋が言った。

「ええ〜〜〜」

いっせいにネガティヴな声があがる。なにしろ「地域ふれあい交流会」だ。「地域」が「男女」に変われば、やる気も起きようが……。

反応するのはまだいいほうで、クラスの何人かはまったく我関せず。

拓実は当然、その中のひとりだ。ぼんやり窓の外を眺めていると、すぐ後ろの席で明日香が不服そうに言った。

「そもそもさぁ。なんであれ、うちらがやんの？」

「各学年で一クラスだけなんでしょ？」

委員長の錦織拓哉《にしごりたくや》が続ける。そんな時間があったら微積分の一問でも解きたい、迷惑げな顔にそう書いてある。

「私、一年の時も当たったのに……」

不運を嘆くように揺れるポニーテールは、手芸部の北村《きたむら》よし子《こ》だ。

「どうせ、しまっちょが外れクジ引いたんだろ？」

「袖の下渡されてんじゃないの？」

「なんでこんな面倒なことするんだよ」

ぶーぶー、ぶーぶー、文句を垂れる子ブタの群れ。

「ままま、細かいことは置いといて」

いちいち相手にしていては、高校教師なんぞ務まらない。あっさり聞き流し、城嶋は教卓から身を乗り出した。

「やる気になってる人！　いたら、五秒以内に名乗り出ましょう」

「ウザー」

「なんだそりゃ」

「ごぉ、よん、さん、にぃ、いち、ゼロ！　はい終了、やっぱりね」

城嶋はガクリとうなだれた……と思いきや、パッと顔を上げ、出席簿の中から、一枚の紙きれを抜き出した。

「と、いうわけで——決めてきました！」

確信犯もはなはだしい。

「ハァ？　なにそれ」

「私、絶対ヤダー！」

「ちょっと横暴すぎんじゃね！」

城嶋は子ブタたちの抗議を無視し、チョークを手に黒板に向かった。

この間、拓実は徹底して無関心を貫いていたが、さすがにチラッと黒板のほうを見て——「えっ⁉」と目を疑った。

「坂上拓実」

黒板に書き終えた名前を、城嶋が読み上げる。

「成瀬順」

うつむいて落書きをしていた順は、きょとんとして顔を上げた。なぜ名前を呼ばれたのか、それすらわかっていない様子。

「田崎大樹」

「はぁ⁉」

ハンドグリップで左手の握力強化に励んでいた大樹が、最後列から大声を発した。

「仁藤菜月」

隣りで爆睡していた三嶋が、驚いて目を覚ます。

「え……」

最後に指名された菜月は、黒板を見て文字どおり声を失っている。

「というわけで」

名前を書き終えた城嶋は、チョークを置き、くるりと教室に向き直った。

「よろしくな！」

問答無用の強行突破。

「しまっちょ、強気〜」

あきれる者ホッとする者、いっせいに教室がざわつく。

「菜月、やんの？」

陽子が気の毒そうに後ろから声をかけてきた。

「え？……わかんない、なんなのコレ……」

委員の仕事が、というより、このメンバー……菜月は呆然《ぼうぜん》自失の体《てい》だ。

が、それも順のショックには及ばない。

「…………」

誰も気づいていないけれど、小さなからだがフリーズして、手に持ったシャーペンだけが、別の生き物のようにブルブル震えている。

四人の男女に降りかかった、まさに青天の霹靂《へきれき》。

「まじかよ……」

額に手を当て、拓実は絶望的にうめいた。

いったいなんの罰ゲームだ?

なるたけ人前で目立たぬよう、空気、もしくは地味な壁紙のように、ひっそりと生きてきたというのに……。

「だからぁ、今度のふれ交の委員を、しまっちょが……」

寝ていた三嶋に説明しているのだろう、明日香の声が背後から聞こえてくる。

「やらねっスよ、俺」

突如響いた大樹の声に、教室のざわめきがピタッと止《や》んだ。

「おい、大樹……」

教壇のほうをうかがいつつ、三嶋が仏頂面の親友を心配そうに見やる。

「そーいうのは、暇そうな奴にやらせときゃいいんじゃねぇの?」

拓実は思わず顔をしかめた。なんだその上から目線。

「いや、俺はね、至極まっとうな先生だから、そういう贔屓《ひいき》はしないの」

城嶋は気にも留めず、飄々《ひょうひょう》と受け流した。

「時間はみーんなに等しく分配されてんだからさ。ミミズだってオケラだって……」

「なにが言いたいんスか?」

あからさまに苛立《いらだ》った声で、大樹が城嶋をさえぎった。

肘を壊した花形ピッチャーほど扱いにくいものはない。が、城嶋はすっとぼけたように肩をすくめると、穏やかに言った。

「やってね、これ、命令だから」

大樹のひと重まぶたの吊り目が、カッとしてさらに吊り上がる。

「あのさあ……命令とかよ、なに勝手な」

「ちょっ!」

左手をついて腰を浮かせかけた大樹を、三嶋が慌てて止めようとしたときだ。

ガタンッ!

いきなり順が立ち上がった。

「⁉」

クラスじゅうが仰天して注目する。

順は何か言いたげにパクパク口を動かしているが、いっこうに声が出てこない。

「……!」

意を決したように、順はグッとあごを引き締めた。

「嫌で……！」

その口から出たのは、引きつったような甲高い叫び声だ。拓実は呆気《あっけ》にとられた。

「……え、成瀬？」

「喋った？」

教室のあちこちで驚きの声が飛び交う。

菜月と陽子も顔を見合わせ、場を奪われた大樹は、中途半端に腰を浮かせたままだ。

「あいつって、喋れるんだな……」

もはや感動している三嶋。

誰とも口をきかず、いつもひとりで手帳に向かって何か書き込んでいる——そう、成瀬順はクラスきっての、いや、学年きっての、いやいや正直に言えば学校きっての変わり者なのである。

「わ……じっ……」

私、実行委員なんて——喋ろうとすると、喉《のど》に言葉が引っかかるらしい。

ぶわっ。

順の額から、脂汗が流れ出た。血の気が引いた顔はお面のように固くなり、蒼白《そうはく》というよりほとんど白い。

順は短くうめいたかと思うと両手でお腹《なか》を押さえ、教室の扉目がけて駆けだした。

「う」

「お、おーい、成瀬？」

城嶋の目の前を一目散に駆け抜け、廊下に飛び出していく。

クラス一同ぽかんとして見送り、城嶋もどうしていいかわからないようだ。

「あーあ、しまっちょ無理言うから」

「泣いちゃったんじゃない？　かわいそう」

教室に非難が渦巻き、完全に出番を失った大樹が、ちっと舌打ちして腰を下ろした。

「…………」

戸口を見ていた菜月が、気にするようにチラッと窓際後方の席へ視線を移す。

拓実は頬づえをつき、黒板に記された名前を、うんざりして見ていた。

生活委員とか保健委員ならいざ知らず、委員に「実行」がつくだけで、めんどくささ倍増だ。

「どうすんだよ……」

思わず、ぼやきが口からこぼれた。

どうすんだよ。

何度呟《つぶや》いたか知れないセリフを心の中で繰り返しながら、拓実は廊下を歩いていた。

「あ、おい坂崎！」

次は移動教室だ。音楽や実験ならまだしも、レベル分けで教室を追い出された英語の授業なんて、やる気メーター0。

「坂崎って！」

しつこく追いかけてくる声に、拓実は足を止めて振り返った。

見知ったクラスメイトの顔が、そこにある。

「……坂上だけど」

むすっとして訂正した。まったく接点がないとはいえ、失礼にもほどがある。

「ああ、悪い。惜しかったな」

三角巾に教科書を挿し込んだ大樹は、口のわりに悪びれた様子は微塵《みじん》もない。

「しかも惜しくねぇよ……」

「それよか、あとは頼んだぜ」

拓実の小声にかぶせて言うと、足を止めずに通り過ぎていく。

「……？」

田崎に何を頼まれる筋合いが。けげんそうに見送っていた拓実は、ハタと思い当たった。

「はあ～？」

ふざけんな！

＊

放課後の校庭は、青春真っ盛りだ。

ランニングで汗を流す、サッカー部員。

テニス部員たちの、元気なかけ声。

ジャージ姿の女子マネがペットボトルを何本も両手に抱えた姿なんか、健全な男子なら軽くご飯三杯はいけそうだ。

サワヤカ運動部員たちが部活にいそしむグラウンドの、片隅にある体育用具室。

そのドアの真ん中に、テープで紙が貼られている。

『ＤＴＭ研究会』

ドウテイモテナイ研究会――では決してない。
デスクトップミュージック。ＤＴＰ（デスクトップパブリッシング）をもじった和製英語で、パソコンと電子楽器を接続して演奏する音楽のことを言う。

♪ダラッタタララッタタ　アァン、アァーン

相沢がノートパソコンにつないだスピーカーから流しているのは、『伊勢佐木町ブルース』。なんと四十七年前の楽曲である。

アァン、という甘い吐息が、ＤＴＭソフトの音声トラックになまめかしい波形グラフを作る。

放課後限定のこの研究会、メンバーは目下、相沢、岩木、拓実の三人だ。そして、ヤローが三人寄れば、カード麻雀《マージャン》と相場は決まっている（いないか？）。

机を四台合わせ、大きめのハンカチを真ん中に広げて場を立てる。

親の相沢が、手牌《てはい》からカードを選んで捨てた。

♪アァン、アァーン

拓実が、カードの山から一枚引き抜く。

♪アァン、アァーン

自分の番になって、なぜか頬を赤らめた岩木が、耐えきれなくなったように立ち上がった。

「やめてよ相沢！　ミントさんに、そんな、げ、げ、下品な曲……！」

リリース時には、この吐息が「子供向きでない」という理由で差し替えられたというから、岩木の指摘もあながちまちがいではない――はるか昔むかしの、昭和時代ならば。

ちなみに「ミントさん」とは、岩木が多大なオタク愛を惜しみなく注いでいる、DTM用のバーチャルアイドルだ。

「なに言ってんだよ、『伊勢佐木町ブルース』つったら名曲だぞおまえ。青江三奈《あおえみな》様にケンカ売ってんの？」

言いながら合い間にパソコンを操作し、ゲームを続行する相沢。

「は？　青江……なに？」

「そう思わね？　なぁ、拓！」

「……んー」

拓実は生返事でツモり、むすっとしたままカードを切った。

「……アンニュイだね、拓ちゃん」

気をそがれた岩木が、脱力したように腰を下ろした。

「ふれあい交流会なんて、適当に流しゃいいじゃん。どうせ客なんか、近所のじーさんばーさんぐらいしかいねーんだし」

至極まっとうな相沢のアドバイス。

♪あなた知ってるぅ　港ヨコハマ……

合成音声とは思えない甘い音色で、ミントが歌い続けている。

「他人事《ひとごと》だよな」

拓実は、ため息をついてボヤいた。

「他人事だもん」

基本、岩木はシビアなのだ。

「まあ、あの人選は青春チョイスだよな。荒波チョイス」

訳知り顔の相沢に、岩木が大きくうなずく。

「うんうん。自分の殻に閉じこもる無気力な若者と」

「は？」

それって俺のこと？　ムッとしている拓実に構わず、相沢が続けた。

「夢破れてやさぐれた高校球児に、終始だんまり無言女」

「俺、成瀬の声って、今日初めて聞いたよ」

岩木が、今朝の三嶋と同じようなセリフをなぞる。

「で、まとめ役の優等生女子。キャラ立ちのトンナンシャー……ぺー！」

相沢がテーブルの上に「北」のカードを置いた、そのとたん。

「ローーン！」

弾《はじ》かれたように岩木が立ち上がり、自分のカードを机上に叩きつけた。

「小四喜《シヨウスーシー》ぃいいいい！」

雄たけびをあげながら、ぴょんぴょん小躍りする。

「ハァァァァァ⁉」

振り込んだ相沢が、慌てて岩木のカードをのぞき込んだ。なんたること、紛れもなき役満。

「マジっスかあ〜〜!!」

頭を抱えて絶叫する相沢を尻目に、拓実はゆっくりと自分のカードを置いた。

「……やっぱ俺、しまっちょに文句言ってくる」

椅子の背にかけた学ランを取ると、大騒ぎしている二人を残して外に出た。

「しまっちょおおおおお!!」

……しまった、だろ。袖に腕を通しつつ、ドアを背にして歩きだす。

校舎のほうへ向かいながら、ふと拓実は思った。

そういや、俺も初めて聞いたな……あいつの声。


順は、女子トイレの個室にこもっていた。

「うぅ……」

今日は一日じゅう、教室とトイレを行ったり来たり。

用を足すわけではなく、便座に座ってお腹を抱え、痛みが治まるのをひたすら待つのだ。

呪われた自分。解けない封印。

ファイオー、ファイオー。

何部だろうか。外から元気のいい、マラソンのかけ声が聞こえてくる。

「…………」

いちおう水を流し、ドアを開けて、とぼとぼと外に出た。

鏡に映った顔は、テレビのオカルト番組に出てくるユーレイみたい。

……どうして、こんなことに。

ファイオー、ファイオー。

「実行委員」の四文字が脳裏に浮かぶたび、胃の中に泥を詰め込まれた気分になる。

ファイオー、ファイオー。

「……！」

かけ声に背中を押されたように、順はキッと顔を上げた。

キンッ！　グラウンドに、小気味のいい金属音が響く。

三嶋が球に飛びつき、すばやく立ち上がって送球する。

野球部は、ノック練習のまっ最中だ。

「しゃース」

続いて、列に並んでいた一年部員がグラブを構えた。ノッカーがマネージャーから
ボールを受け取り、再び金属音を響かせる。

「オイッ！　声出てねえぞ、声ェ!!」

一塁側のベンチ近く。後輩たちにゲキを飛ばしているのは、短ランを脱ぎ、Tシャ
ツ姿になった大樹だ。

「しゃァスッ！」

「バッチコーイ!!」

大樹は苛立たしそうにあごを引き、ベンチにどっかり腰を下ろした。

「ったく、しまっちょの野郎、人のこと甘く見やがってよ……！」

「でもさ。菜月と一緒に実行委員とか、距離縮まっちゃうんじゃね～の？」

ジャグタンクの薄めたスポーツドリンクで水分補給しながら、三嶋がニヤニヤする。

「縮まってどうすんだよ」

「そりゃ野球部のエースとチアの部長ったら、歴代つきあってきたわけじゃん」

バンッ！　まるで狙いすましたように、後ろのブルペンから、ピッチング練習の音が聞こえてきた。

にらむように前方を見つめていた大樹の顔が、微妙にゆがむ。

「……今のエースは、山路《やまじ》だろ」

強くまぶたを閉じて、後輩の名前を口にした。

「あっ……いや……その……悪い」

三嶋が気まずそうな顔になる。

「三嶋ぁ！」

ベストタイミングで、仲間の声が割って入ってきた。

「呼んでんぞ」

「あ、じゃ行くわ！　大ちゃんもあとでミーティング出てくれよな！」

三嶋が小走りでグラウンドに戻っていくと、大樹は白い包帯に包まれた、自分の右腕に目を落とした。

「………」

固定された腕がもどかしく、握りしめたこぶしに力が入る。

「なーんか、せつないよねぇ……」

腰に手を当てた陽子が、校庭のほうを向いて言った。

体育館のすぐ外にある、水飲み場。

蛇口から水を飲んでいた明日香が「ん？」と顔を上げ、友人の視線の先を見る。

「ああ、野球部。甲子園とか、まあびみょーに夢見れる位置だったからね……」

蛇口を閉め、首に巻いたタオルで口元の水滴を拭きつつ、女子にしては背の高い陽子の隣りに立つ。

「おかげで、みーんな浮かれちゃってたもん」

思い出を探すように、陽子が空を見上げた。

入道雲はうろこ雲に姿を変え、青が澄んで空はすっかり高くなっている。

「夏の予選大会の三回戦突破！　が目標だったチームが、めっきめき実力つけたエース様のおかげで、甲子園初出場も狙えるかも！　……なーんてさ……」

昨年の秋期地区大会で、揚高野球部はベスト8に進出した。廊下の掲示板には、そのとき地方紙に載った記事の切り抜きが、いまもまだ貼ってある。

『期待の新星・田崎大樹君（16）

大会最多奪三振　甲子園への夢膨らむ』

日に焼けて古くなった記事は、大樹の悲運を物語っているかのように痛々しい。しかもその隣りには、今年の夏の予選大会『ベスト4ならず』の記事が新たに貼られているのだ。

「わっかりやすいドリームだったのに。まさか肘やられちゃうなんて。超哀れ」

「そう言ってやるなよ。いっくんショックだろうよ」

いっくん、とは陽子の彼、三嶋樹のニックネームである。

「ちがうよぉ！　いっくんじゃなくて、哀れなのは私！　大会用の練習、無駄になっちゃったし」

悔しそうに地団駄を踏む。いっくん、立場がない。

「あー……」

たしかに、陽子は人一倍練習に励んでいた。〝甲子園で彼氏の応援〟なんてチアリーダーの晴れ舞台、そうそうあるもんじゃない。

明日香はニッと笑って、いきなり手足を動かしはじめた。

「じゃーん、じゃ、じゃんじゃんか♪」

勇ましいメロディーは、全国高等学校野球選手権大会の歌。

すぐに陽子が乗ってくる。

「じゃんかじゃんかじゃーん♪」

練習に練習を重ねた、チアダンスだ。

「……じゃーん！」

最後のポーズを決めたあと、顔を見合わせる。ふたりとも、噴きだす寸前だ。

「……ぶははは！」

「あはは！」

こらえきれずに笑いだしたとき、体育館の扉から菜月がひょいと顔を出した。

「なにやってんの？　休憩終わりだよ」

「あ、ごめん！」

「いま行くわー」

そう言いつつも笑いが止まらないようで、ふたりとも、からだを折り曲げるようにして笑い転げている。

「あんたがバカやってるから怒られたじゃん」

「ちょっと⁉　あんたでしょー」

……しょうがないなぁ。でも、なぜかそんなふたりとウマが合うのだから不思議だ。

明日香と陽子のやりとりを苦笑交じりに聞きながら、菜月はふと、校舎のほうを見上げた。


コンコン。

返答なし。もう一度、ノックしてみる。

コンコン。

「すんませーん」

声もかけてみたが、音楽準備室は静まり返っている。

拓実は首をかしげた。職員室で、こっちにいると聞いてきたのだが。

なにげなく扉に手をかけてみると、鍵がかかっていない。

「お？」

そのまま、扉を開ける。

「……失礼しまっす」

一歩足を踏み入れた拓実は、思わず顔をしかめた。

「うわ……」

インド、中国、アフリカ、トルコ、さまざまな民族楽器や、音楽関係の骨董品《こっとうひん》で溢れ返っている。

「なんだこの部屋。しまっちょ自由すぎだろ……」

部屋のど真ん中には、昼寝用のハンモックまで置いてある。音楽教師の特権を濫用して、私物を持ち込んでいるらしい。

「ん？」

口琴《こうきん》や縦笛など小ぶりの楽器が並んでいる棚に、拓実は鮮やかな色のエッグマラカスを見つけた。

「また玉子……なんか今日は縁があるな……」

城嶋が寝ながら弾いていたのか、ハンモックの上には、ミニアコーディオンが放置してあった。

持ち上げてみる。不思議と手になじむ感じだ。椅子に座って、適当な和音を出してみた。

「へぇー……ちゃんと音出るんだな……」

ちょっと楽しくなって、指の向くまま鍵盤を弾きながら、「んーー♪」とハミングする。

ふとエッグマラカスが目に入り、「たーまーご、たーまーご♪」と節をつけて口ずさんだ。

……はは。

おかしなもので、言葉をつけると、音がちゃんとメロディーになっていく。

拓実はアコーディオンを持ち直し、改めて鍵盤に指を置いた。

暗譜している、格調高い優雅なメロディーを奏でる。

——そう、出だしの歌詞は今朝の……。

♪玉子にささげよう

玉子?

どきんとして、順は音楽教室の手前で立ち止まった。

ささやく程度の歌声だけれど、たしかにそう歌ってる。

さっき、お腹を抱えて階段を上がっている途中、アコーディオンの音が聞こえてきた。そのひとが、玉子の歌を……？

　歌は、手前の音楽準備室のほうから流れてくる。呆然と聴き入っていた順は、ふらっと一歩、足を向けた。さらに、もう一歩。

扉の陰に隠れてのぞいてみると、弾き語りの主は、意外にもクラスの男子だ。

もちろん話したことはないけれど、名前くらいは知っている。

坂上拓実。

ひと節歌い終えた拓実は、ちょっと考えるように上を向いた。その間も、アコーディオン演奏は続いている。

それから、何か思いついたように微笑《ほほえ》むと、また歌いはじめた。

♪玉子にささげよう　beautiful words

え！　順は心臓をいきなりぎゅっとつかまれた気がした。

♪言葉をささげよう……

はわあ〜……。

見られているとは夢にも思っていないのだろう、窓から射《さ》し込む西日の中に、楽しそうな笑顔が浮かぶ。

順は目を見開き、まばたきも忘れ、そんな拓実の横顔を見つめていた。

どきん、どきん、どきん……。

指先が血の気を失うほど、胸の前で組んだ両手を、力いっぱい握りしめて……。

拓実は、完全に音楽の世界に浸っていた——尋常でない熱視線を浴びていることも気づかないほどに。

「たま……」

もう一度歌おうと口を開きかけたとき。

「お？」

テノールの高い声がして、拓実はハッと戸口を振り向いた。

担任のとぼけた顔、と、その前にちっこい女子が——。

「千客万来？」

城嶋が冗談めかして言った。

「!!!」

いまのいままで拓実に見蕩《みと》れていた順が、一拍遅れて飛び上がる。

「成瀬⁉　なんで？」

拓実の声で、順は完全にテンパったらしい。

せわしなく城嶋と拓実を交互に見ると、慌ててスカートのポケットを探り、取り出した紙を城嶋のみぞおちに勢いよく押しつけた。

「ぐふっ！」

順は猛ダッシュをかまして、土煙を上げんばかりに走り去っていく。

「え？　成瀬、なに？　もう行っちゃうの？」

またたく間にその姿は消え、ガラスの靴――ならぬ、スケジュール帳を破ったらしい紙片が、王子――とはかけ離れた音楽教師の、階段――ではなく、手の中に残された。

『実行委員を、辞退させていただきたく存じます。成瀬順』

「おー？　すげぇ。直訴状？　やるなあ……」

ハンモックに揺られながら、城嶋がのんびり言った。

たしかに、拓実にも意外だった。あの成瀬順に、こんな勇気があったとは。

「でも……なんでメモ？」

「まあなあ。喋れるんなら、直接言やあいいのに……」

順の去った扉のほうを見ながら、城嶋が独り言のように呟く。

と、拓実はそこでやっと思い出した。

「俺の用件も、それと同じですよ」

恨みがましい目で城嶋をにらんだが、ムカつくことに「え〜〜」と軽い調子で返してくる。

「だいたい、あの面子《メンツ》で、できるわけないでしょ。仁藤はともかく」

「んじゃほかに名前挙げてよ、実行委員に向いてる奴」

と、まったく意地が悪い。

「人身御供《ひとみごくう》捧げりゃ、そいつに変えてやるからさ」

「…………」

拓実はムスッとして目をそらした。

城嶋は微笑み、胸ポケットから煙草《タバコ》を取り出して、しゅぼっ。マッチで火をつけた。

「やっぱ、やさしーな、おまえ。でも、損するよ？　そういうの」

どの口が言うか。カチンときて、城嶋が吐き出した煙を大げさに手で払う。

「損させてんの誰ですか」

「あ！　そういや、さっきの良かったよ」

拓実の言葉など聞いちゃいない。しかも、〝さっきの〟って、なんだ？

「弾いてた曲」

「！」

……まさか聴かれていたとは。

「あ、あれは別に。テキトーに……」

照れ隠しにそっぽを向くと、城嶋はあっさり続けた。

「『Around the world』だろ？　古い映画なのに、よく知ってたな」

さすが音楽教師、耳ざとい。賭けをした主人公が、八十日間で世界一周を目指すという、アドベンチャー映画のテーマ曲だ。

「まあ、ミュージカルとか、そういうの好きなのが近くにいたんで」

「へえ～……お！」

急に何か思いついたらしく、城嶋がひと際高い声をあげた。

「いいかもなそれ！」

足を高く上げ、反動をつけてハンモックの上に起き上がる。

あるかなきかの信頼をかき集めても、一〇〇％嫌な予感しかしない。

「ミュージカル。ちょうどいいじゃん。ふれあい交流会」

案の定、ゆらゆら揺れながら、とんでもないことを言いだした。

「……なんでそうなるんスか」

「俺、いちおう音楽教師だし。毎年、朗読劇とか合唱とか、なんか物足りなかったんだよねぇ～」

「十分足りますよ」

言いながら拓実は立ち上がり、そのまま出口に向かった。

「ねえねえ。俺って、諦め悪いんだけどー」

拓実を目で追いながら身を乗り出す。その拍子に、城嶋はバランスを崩して顔から床に落っこちた。

「ぶっ⁉」

ハッ……ハッ……ハッ……。

屋上に続く階段を、息を押し殺すようにして駆け上がる。

ハッ……ハッ……ハッ……。

バリケードのように積まれたガラクタの備品を避けて、順は屋上に出た。

ハッ……ハッ……ハッ……。

両手で手帳を握りしめ、壁にもたれて、荒い息を整える。

順は、喉をそらせてその息を呑《の》みこんだ。

『見られた』

急いで手帳を開き、パラパラとめくる。

直訴状用に破ったページ。筑前煮の作り方をメモしたページ。蒸しパンの材料をメモしたページ。今朝、書きかけたままのページ。

また別のページを開く。

絵と文字がぎっしり書き込まれた——ここは、ある物語のページ。

『心の中を、見られた』

帽子をかぶった玉子が、ゆらりと動いた……ように見えた。
冷たい汗が、首筋をつうっと流れ落ちる。
「………」
順は、だらんと手を下ろした。
秋の日の凶暴な西日はなりを潜め、あたりはもう薄暗い。
ゆっくりと空を見上げる。
なだらかな稜線《りようせん》のはるか上を飛んでいく、鳥の群れ。
オレンジ、黄色、薄紫――空は、刻々と色を変えていく。

＊

なんだか、やたら長い一日だった。
ひと仕事終えたサラリーマンのようにぐったりして、拓実は自転車を漕いでいた。
家の近くまできて自転車を降り、門の脇に停《と》まっている、見慣れない白の軽自動車が目に入った。

——誰だ？

自転車を押して入っていくと、庭先に祖父がいた。目は車を観察しながら、ただいま、と声をかける。

「おかえり」

「うん。あの車……」

言いかけて、気づいた。祖父が工具を手に、もう一台の自転車をいじっている。

「なにやってんの？」

「ああ、ブレーキがな。もう寿命かもなぁ」

手が油で黒く汚れている。このしわしわの手が何度も修理して、丁寧に使ってきた自転車だ。

「じゃあ俺の使ってよ」

え、と祖父が拓実を見た。

「学校行くのに困るだろ」

「いいよ、別に歩けるし。じいちゃん、病院あるでしょ？」

「………」

祖父は何も言わないが、拓実を見て、少し困ったように微笑んだ。

建てつけの悪くなった玄関の引き戸を、ガラガラと開ける。

「ただい……」

途中で声が途切れた。玄関の三和土《たたき》、祖母のサンダルの横に、きちんとそろえられた黒のローヒール。

「――ええ、こちらは一年ごとに見直しができますので、安心ですよ」

客間のほうから、よどみなく喋る女性の声が聞こえてきた。

「私たちが死んでからの保障って、どうなるのかしら」

こちらは、祖母の声だ。

「そちらもご安心ください。たとえばお孫さんが……」

「あら、たっくん。おかえり」

老眼鏡をかけてパンフレットを見ていた祖母が、廊下の拓実に気づいた。

こっそり通り過ぎようにも、障子を開け放っているので無理がある。拓実は祖母にうなずき、こんちは、とお客さんに軽く頭を下げた。

「こんにちは」

向こうも会釈する。年齢は、四十をいくつか超えたくらい。保険のおばさんだということは、話の内容からわかった。

地味なスーツを着て化粧っけもないが、顔立ちから推察するに、若い頃はきれいだったにちがいない。

「お孫さんですか？」

はい、と祖母。

「お孫さんも、揚羽なんですね」

自然と視線が拓実に戻ってきた。

どうしてわかったのだろう。女子の制服はセーラーカラーの白い上下でけっこう目立つが、男子はふつうの学ランだ。

……顔が揚高っぽいとか？

が、疑問は一瞬にして解けた――詰襟の校章ね。

「あら、成瀬さんのとこのお嬢さんも？」

「えっ？　……あ、まあ」

なぜかおばさんは戸惑った様子で、あいまいに答える。

祖母は気づかないようで、無邪気に拓実にきいてきた。

「知らない？　成瀬さん」

「成瀬？　成瀬って……」

ちょっとの間で、名前と結びついた。

「順、ですか？」

正直、今日のことがなかったら永久に出てこなかったかもしれない。

「え……ええ、ご存じなの？」

どこか迷惑そうな意外そうな——なんで、そんな顔？

「あ……いや、名前ぐらいで……」

拓実は控えめに答えた。

「そ、そう」

順の母親は気まずそうに視線を泳がせ、取ってつけたようにカバンの中から新しいパンフレットを取り出した。

「あ、先ほどのプランですと、もうひとつ特典がありまして、こちらなんですが……」

急に話題が変わってしまい、拓実は置いてけぼりを食った感じだ。

度のちがっている古い老眼鏡をかけ直しながら、祖母は熱心にパンフレットをのぞき込んでいる。

……ま、いっか。

首の後ろをぽりぽり掻《か》きながら、拓実は自分の部屋に向かった。

ちゃぶ台の真ん中、化粧箱にお行儀よく詰まった生どら焼きに手を伸ばす。

夕食後は、祖母の淹《い》れてくれたお茶を呑みながら、祖父と一緒に、祖母の話を聞くのが日課だ。

トピックスは厳選される。近所の犬が赤ん坊を産んだだの、最近は葉ものが高いだの、俳優の誰それが酔って暴れて警察に捕まっただの。

「女手ひとつでお子さん育ててるんだって。えらいわねぇ」

本日の話題は、シングルマザーの保険外交員にして孫の同級生の母親という、吸引力抜群のネタだ。

透明のフィルムシートをペラペラはがして、ばくん。もっちりした皮と、餡《あん》とクリームが口の中で絶妙のハーモニーを奏でる。

「あ、うまい」

「うん」

拓実も祖父も、甘いものに目がない。

「それ、成瀬さんからいただいたのよ、生どら」

祖母が、拓実の前にお茶の入った湯呑みを置いた。

「明るくて、お喋りなんでしょう? いつもお友達と長電話して、電話代がすごいって」

「は?」

思わず大きい声が出た。アイドルとプロレスラーかっつーくらい、話に出てくる人物像のズレ感がハンパない。

「ん?」

自分のお茶を呑もうとしていた祖母が、なに? というふうに拓実を見る。

その隙に、祖父は生どらをもうひとつ。

「あ……や、そんなプライベートなことまで喋んの?」

拓実はごまかしながら、湯呑みを手に取った。

「あら、命を預ける人だもの」

「ふーん……」

気のない返事になったのは、別のことを考えていたからだ。

あいつ……親父いないのか。

お茶を呑みながら、成瀬順の顔を思い浮かべようとした——が、小動物みたいに、ビクビクおどおどしている様子しか思い出せない。

「あら、おじいさん、三つは食べすぎですよ」

「いや、こりゃなかなかうまい」

「またお医者様に叱られても知りませんからね……」

毎日飽きもせず繰り返される、老夫婦の他愛《たわい》のない会話。

成瀬順が、両親のこんな会話を聞くことはないのだ——拓実と同じように。


薄暗闇のキッチンに、オレンジの光だけが、寂しいネオンのように浮かび上がる。

ブーーン。

低い音を立てる電子レンジの中で、冷凍保存容器のピラフがゆっくり回りながら解凍されていく。

順は床に膝をついて、ぼんやりとその様子を眺めていた。

仕事を持っている母親は、朝早く家を出て夜遅く帰ってくる。だから朝も夜も、食事はたいがいひとりきりだ。

鍵を失《な》くさないこと、洗濯物を取り込むこと、体操服を洗っておくこと、汚れた食器を洗うこと、収集日の朝にゴミを出すこと。

母親に言われたことは、ひとつも忘れないようにきちんと守る。

チーン。電子レンジが止まった。

冷蔵庫に入っていた小鉢のおひたしのほかは、作り置きのおかずをタッパーのまま、ダイニングテーブルの上に置く。

あとは、お鍋で温めた、今朝の残りのお味噌汁《みそしる》。

冷たくたって構わないのだが、温めて食べなさいと、母親に言われている。本当は、ただお腹を満たせればいい。とうの昔に、何を食べてもおいしいと感じなくなっていた。

椅子に座ろうとして、順は自分が鼻歌をうたっていたことに気づいた。

「……!」

カッと頬が赤らむ。

拓実がうたっていた歌を、無意識に鼻歌でなぞっていたのだ。

……なに、浮かれちゃってんの。恥ずかしい奴……。

自虐を無視してにまにまする口元を、必死に引き締めようとする。

胸の奥がむず痒《がゆ》いような、へんな気持ち。取説でもなきゃ、どう扱っていいかわからない……。

ピンポーン！

不意打ちのインターホンに、からだがびくっと揺れた。

ピンポーン、ピンポーン。

今日はやけにしつこい。早く、早く行って。お母さんから言われてるんだから。

順は息を詰めてうつむいた。

……調子にのった罰なんだ。

拷問に耐えるように、椅子の背もたれにかけた手に力を込める。

インターホンはしばらく鳴り続け、せっかく温めた夕飯は、すっかり冷めてしまっていた。

＊

音楽室に優しいメロディーが流れる。

「みんなも一度は聴いたことがあるだろ?」

ホワイトボードから城嶋がゆっくり振り返り、黒のボードマーカーで書いた文字をトンと指す。

『Over The Rainbow』
１９３９
作詞　エドガー・イップ・ハーバーグ
作曲　ハロルド・アーレン

「ミュージカル映画『オズの魔法使』の大ヒットナンバーだ」

「知ってるー」

「黄色のレンガのやつだよね」

チラホラ声があがる。

――マジかよ？　拓実は、ずるずるずる……背もたれにからだを預けた。

そんな拓実を見て、城嶋がニヤリとする。言ったろ、俺は諦めが悪いんだ。

「そう、魔法の国に飛ばされた主人公のドロシーが、カンザスにある自分の家へなんとか帰ろうとする。シンプルな物語なんだが……」

大半の生徒は、話の半分も聞いていない。坊っちゃん頭の田中陸《たなかりく》など、ダイナミックなイビキをかいている。

並んで座った三嶋と陽子は、スマホでいちゃいちゃチャット中。

それを目の前で見せつけられている明日香は、眉間に女子高生らしからぬ縦ジワを寄せている。

かろうじて真面目に聞いているのは、菜月くらいだ。

大樹は相変わらず握力を鍛えるのに集中しているし、順は机の前方ナナメ下の定位置を見つめている。

が、城嶋の話が止まって、順はふと顔を上げた。

考えをまとめるように宙を見つめていた城嶋が、また語りだす。

「ミュージカルってのは、感情を曲にのせて歌い、踊る。そうすると、ふつうに表現するにはこっぱずかしい気持ちも、するっと入ってくるんだよな」

ほー……順の口が感心したように開く。と、城嶋がにっこりして言った。

「ってわけで今日は、この映画をみんなで鑑賞しよう」

虹の向こうのどこか、空は青く、信じた夢が本当に叶《かな》う場所がある。

それは、本物のお城みたいなところだろうか。

さすがに順だって、白馬に乗った王子様が迎えにきてくれるなんて、今も信じているわけじゃない。

でも、もし本当にそんな場所があったとしても、そこに行けるのは、ドロシーのように、明るくて、行動力があって、前向きな女の子だけ。友達がたくさんいて、恐ろしい魔女にも勇敢に立ち向かうような。

笑っちゃうほど、順とはかぶるところがない。

音楽室から教室へ向かう廊下をトボトボ歩いていると、ふいに芝居がかった声が聞こえてきた。

「いやー、やっぱないわ。相沢ディクショナリーに、ミュージカル載ってない！」

「あー、ミュージカルって、なんかこう、背中がざわざわするよね」

相沢と岩木が、順の少し前方を歩きながら話している。

「そうそう！　そのまま喋ればいいのに、急に歌になんのが謎なんだよなぁ……」

「まあでも」

——この声。うつむきかげんだった順は、思わず顔を上げた。

拓実だ。

「しまっちょ言ってたみたいに、歌だと、なんとなく感情とかわかりやすくしてくれるっつーか……」

「！」

うそ……衝撃で足が止まる。

「ほ〜〜う」

めいっぱい茶化した相沢の相づちに、すかさず岩木がのっかった。

「拓ちゃん、なんか良いこと言った」

「しまっちょに毒されてんじゃん！」

相沢が肘でつついて拓実をからかう。

「そんなんじゃねぇよ！」

ふたりにからかわれた拓実は、顔を赤くしてムキになっている。

後ろでぼうっと拓実の背中を見つめている順のことには、もちろん気づいていない。

「でもたしかに、曲は良かったよね」

岩木が言った。

「まあな、歌ってるヒトかわいかったし」

健康的で清純そうなそのハリウッド女優が、薬物中毒で波乱の人生に幕を閉じたことを知ったら、相沢は幻滅するだろうか。

「いやー三次元はなぁー……」

三人が遠ざかっていくのを、順は立ち止まったまま見送った。

とくん、とくん。

顔の火照りが、ふわふわ心地いい感覚を運んでくる。

……なぜ、彼は。なぜ、彼だけが。

胸の高鳴りを聞かれまいとするように、順は教科書を抱える手に力を込め——。

「成瀬さん」

「⁉」

いきなり名前を呼ばれて、順は跳ねるように振り返った。

そのリアクションに驚いたらしく、菜月も立ち止まって目を丸くしている。

「あの、先生が放課後に……って、大丈夫？　なんか顔色……」

熱でもあると思ったのか、心配そうに順の顔をのぞき込んでくる。

「‼」

ほっぺた赤い？　ほっぺた赤い？　ちがうちがう、なんでもない、なんでもないのっ‼

全力で首を振る順に、菜月はあ然としている。

放課後のチャイムが、校舎と校庭に鳴り響いた。

帰宅部の生徒や、ランニングに出る柔道部員、放課後デートのカップル……昇降口から、さまざまな生徒たちが吐き出されていく。

一日の苦行から解放されて、どの表情も明るく足取りは軽い。

「……そっかー、やっぱ田崎は来ないか」

窓から外を見下ろしながら、城嶋が言った。

音楽準備室には、大樹以外のふれ交委員が集まっていた。

「声はかけたんですけど……」

居心地悪そうなパイプ椅子の菜月。

その横に座っている順は、さっきから音楽準備室にありうべからざるもの――城嶋御用達《ごようたし》のハンモックを不思議そうに見ている。

「いいじゃないスか。全部まかせるって言ってたし、勝手に決めちゃいましょうよ」

拓実は机に寄りかかり、めんどくさいニュアンスを最大限に込めて言った。

「いかんなあ、記念すべき第一回目の実行委員会なのに」

ふうっ。城嶋がため息をつく。

……どうでもいいから、さっさと終わらせましょうよ。

そんな拓実の気配を察したのか、菜月がとりなすように口を挟んだ。

「まあ、決めるって言っても、そんなに選択肢もないし。やっぱり合唱とか、朗読とか……」

菜月が指折り数えて挙げる候補を、城嶋が途中でさえぎった。

「えー、それじゃあ、いつもと一緒じゃん！」

脳天気な。拓実の眉が寄る。

「でも」

「でも」

菜月の声と重なって、ふたりとも言葉が止まった。

「⁉」

チラッと目をやると、菜月も上目遣いにこっちを見ている。

……気まずい。拓実は顔を隠すように額をさわりつつ、もう一方の手で、どうぞ、と菜月を促した。

発言権を譲られた菜月が、改めて口を開く。

「でも、ふれ交って、そういうものじゃないですか？　地域交流って言っても、くるのは近所のお年寄りくらいだし……」

変わったことをしても、受け入れられないでしょう。そう思っているようだ。

いやいや、と首を振って城嶋が言う。

「お年寄りってさ、けっこうハイカラ好きよ？　なんも変わらないでひたすら現状維持って、つまんなくね？」

「………」

膝の上で組んだ順の手に、グッと力が入る。

「で、なにが言いたいんスか」

刺々《とげとげ》しい詰問口調の拓実を、城嶋がニヤリとして指さす。

「わかってるくせに～」

はあ……ため息が出る。

「やっぱ、今日の授業って……」

「授業？」

城嶋の指は、けげんな顔の菜月を素通りし、ビシッ。順を指した。

「どう、成瀬は？　ミュージカル」

急に指名を受けた順が、目をぱちくりさせる。

改めてよく見てみると、けっこう可愛い顔してるんだな。ふと、拓実の脳裏に順の母親の顔がよぎった。あんまり似てない気がするが……よくわからない。

「ミュー……」

ささやくような声が聞こえた。と思ったら、一瞬でどういう心境の変化が起きたのか、順の顔が真っ赤っかになった。

……まったく読めねえ。

拓実が不思議そうに見ていると、順が、そっとうかがうように視線を向けてきた。そのくせ、目が合うとぎょっとしたように顔を伏せ、覆い隠すように口元を押さえる。なんだ、その挙動不審コンボ。

「成瀬？　大丈夫？」

前科のある城嶋は、ちょっと慌てている。

「そっか、今日の授業は伏線だったってことか」

音楽準備室を出ると、菜月が思い当たったように言った。話の流れで、城嶋の意図を読み取ったらしい。

「そ、策略」

菜月の少し前を歩きながら、拓実が答える。

デッサン室前の廊下は、壁に立てかけられたイーゼルが幅をきかせていて、自然とふたりの距離が近くなる。

順は、少し離れて後ろをついてきていた。

「でもどうしよ、ミュージカルなんて……」

なんとなく返事を待っているような気もするが、拓実は黙々と先を歩いた。

……最後に言葉を交わしたのは、いつだっけ？　正直、まともに会話できる自信がない。

すると、ややあって菜月が言った。

「……坂上くん？」

「え？　……ああ」

やはり、意見をききたいらしい。

「どうせ、みんな反対するだろうし。いま考えることでもないんじゃない？」

横を向いたまま、適当に答える。

「そうだね。じゃあいちおう、明日のホームルームでみんなに話して……」

菜月の声音が、ちょっとうれしそうに聞こえるのは気のせいか。……もちろん、気のせいだ。

……ミュージカル。やる気、ないのかな。

ふたりの会話を聞いて、本当は順も意見を言いたかった。

だってだって……城嶋先生に意見をきかれたとき。アコーディオンで弾き語りしていた拓実の姿が、真っ先に思い浮かんだ。

――いいよ。いいと思うよ、ミュージカル。

でもけっきょく、さっきと同じ……言いだせないでいる。顔が真っ赤になってしまって、ヘンに思われただろうか。

そのとき、無遠慮な声が聞こえてきた。

「つか田崎さん、マジうぜぇんだけど」

順は思わず立ち止まった。普通教室棟につながる渡り廊下から、野球部の一年部員が数人、裏庭でかたまっているのが見える。

菜月と、続いて拓実も足を止めた。

「なにえらそうにしてんだろうな。大事なときに肘ぶっ壊したポンコツのくせによ」

「毎日顔出して、文句ばっかつけやがって。……山路、おまえから、がつっと言ってくれよ」

「やだよ、ほっときゃいいだろ、あんなの」

スパイクのヒモを結んでいた山路が立ち上がり、帽子をかぶりながらそっけなく言った。

「でもよ……」

そこへ、二年生の野球部員たちが通りかかった。

「オイッ！　そろそろ外周行くぞ！」

「うーす！」

声をそろえる後輩たち。

「今日、何周っスか？」

「五周！　そのあとグラウンドでダッシュ十本な」

「まじスか～⁉」

部員たちは、わいわい騒ぎながら行ってしまった。

「…………」

順は眉をひそめた。もンのすごく苦い薬を、無理やり口に押し込まれた気分だ。

「……なんか、やだな。ああいうの」

不愉快そうな菜月の声。

「言いたいことあるなら、はっきり言えばいいのに……」

呟くように出てきた言葉が、順の胸をえぐった。自分に向けられたものではないとわかってはいても……。

何かを思い出すかのように、菜月は目を細めて、遠くに視線をさまよわせている。

そんな菜月を不思議そうに見ている拓実に気づき、菜月はハッと我に返ったように言った。

「あ、私、部活あるから、先に行くね」

「あ、うん……」

菜月がそそくさ立ち去ると、拓実が一拍置いて順を振り返った。

「あの、俺はもう帰るけど」

答える代わりに、ぶんぶんぶん！　力強く首を縦に振る。

「ああ……じゃ……」

意味がわからないって顔に戸惑いをプラスしつつ、拓実は歩きだした。

「…………」

これがほかの人だったら、このまま時間をたっぷり置いていただろう。

でも……。順は顔を上げ、あとを追うように足を踏み出した。

下校時間はとうに過ぎ、昇降口に人気《ひとけ》はない。

校舎は静まり返って、校庭のほうから、運動部員のかけ声や物音が遠く聞こえてくる。

拓実は、下駄箱からスニーカーを取り出し、代わりに上履きを入れた。そろそろ洗わんといかんな。扉を閉めながら横を盗み見ると、なぜか小走りでついてきた順が、下段にある自分の下駄箱の前にしゃがみ込んでいる。

……ヘンな奴。

上履きを入れながら、順がそーっとうかがうようにこちらを見た。当然、目が合う。

すると逃げるように目をそらされる。

かぶさった髪の間から見える顔は、超完熟トマトだ。

またかよ――若干引きつつも、いちおう悩んだ。声をかけるべき？　せめて笑いかけるとか……いやいやいや、関わるまい。

カバンを肩に掛け、拓実は順の後ろを足早に通り過ぎた――ところが。

つかず離れず、小さな足音が追ってくる。

「なんなんだよ、あいつ……」

拓実は口の中で呟いた。けっこう早足で歩いていたのに、昇降口からずっと、だ。しかも、こんなときに限って自転車がない。

けれど、一生懸命ついてくる足音を聞いているうち、ふとある考えが浮かんだ。

――はは。まさかな。否定しかけて、また考え直す。

しまっちょに意見をきかれたとき、顔を真っ赤にして、口元を覆うようにしてうつむいていた順。

「…………」

拓実は立ち止まって、顔だけ後ろを振り向いた。

「あの、成瀬さ」

両手を胸の前で固く結んでいた順が、びっくり眼で立ちすくむ。

「もしかして、ミュージカル……やりたかったりする？」

「!!」

順の組んだ手が、雷に打たれたようにわなわな震えだした。

興奮したように上半身を乗り出し、何か言おうと口をパクパクさせるが、やっぱり声が出てこないらしい。

すると、急に後ろ手になって、背中のリュックの外ポケットを探りはじめた。

「え？　なに？」

いまどき珍しいガラケーを取り出し、目にも止まらぬ速さでキーを打つ。拓実が呆気にとられていると、いきなり目の前に印籠、もとい携帯を突き出してきた。

「いっ⁉」

思わぬ攻撃にのけぞりながらも、画面のメモに目をやる。


『私の心を覗《のぞ》き見していますか？』


「私の……？　って……」

まったくワケがわからん。しかし、画面の向こうのまなざしは、樹齢百年の大木のように揺るぎなく真剣だ。

「なにこれ？」

首を動かし、攻撃波を出すように腰を落として携帯を構える順をのぞき込む。

順の顔に一瞬、不安がよぎったが、すぐにまた表情を硬くした。

「しらばっくれ！　……ないで、くださ……」

大きな声は徐々に尻すぼみになって、なぜか最後は彫像のように固まってしまった。

驚きながら声をかけると、順がいきなり「うっ」とお腹を押さえた。

「え⁉」

こいつヤバいんじゃないか。昨日の朝といい、なにか重大な病気でも？

順はつらそうに顔をしかめ、からだを折り曲げるようにして、ゆっくりと来た道を戻りはじめた。

「……大丈夫か？」

心配になってまた声をかける。

すると順は立ち止まり、思い直したように駆け戻ってきた。無言のまま拓実の制服の袖をがしっとつかみ、青い顔をしながら、意外にも強い力でぐいぐい引っぱるように走りだす。

「ちょっ……！　成瀬⁉」

大人しい外見からは予想もつかなかった強引さだ。

順に引っぱられながら、拓実は岩木によく言われる言葉を思い出した。

――拓ちゃんは、押しに弱いからな。

「……成瀬？」

2

四月は、順の一番好きな季節だ。

ひとつ学年が上がって、新しい友達ができる。

それに、満開の桜並木がとーーってもきれい。

ランドセルの中で、フデ箱や教科書や、内緒で持っていったシールノートが、わいわいガヤガヤ、にぎやかな音を立てる。

今日は国語の時間、先生に作文を褒められて気分もうきうきだ。

物語をつくるのは、超得意。のんちゃんやはるなちゃんに話してあげると、もっと聞かせてってせがまれる。ママは順の「もうそうへき」が心配だって言うけど——「もうそうへき」って、なんだ？

あっ、駄菓子屋さんの前にいるのは「超平和バスターズ」の子たちだ。うわさだけど、山のどこかに、秘密基地を持ってるんだって。すごいなぁ楽しそう。いつか仲間に入れてもらえたらいいな。

私も、ちょっとだけ冒険してみようか。だって、もう四年生だ。少しくらい寄り道したって、お母さんに叱られたりしないだろう。

順が楽しそうに走り抜けたあとを、桜の花びらがふわっと舞い上がった。


『むかーしむかし、あるところに、とてもお喋《しゃべ》りで、とても夢見がちな女の子がおりました。

その女の子は、お山の上にある、お城に憧れていました』

山の木々の上に、クリスマスの三角帽をかぶったような城の先端が頭を出している。

「はぁ、はぁ、はぁっ……!」

山道を一気に駆けてきた順は、肩で大きく息をしながらアーチ形の門の向こうの白い建物を見上げ、目を輝かせた。

……すごい! 本当に、絵本に出てくるようなお城、そのままだ。

ローマ字は読めないけれど、入り口に書いてある金額は、入場料かな? だとしたら、中には入れない。電気がついている漢字は、一年生で習ったからわかる。「空」

だ。その横のさんずいの字は知らない。

いったん息を整え、「ハァー」と深く息をつく。

お城の中を想像してみた。煌《きら》めくシャンデリア、スカートがまぁるく広がった華やかなドレス。着飾った男女が、くるくるくるくるダンスを踊る。

――ああ、どんなに素敵な場所だろう！


『女の子は、夢見ます。

いつか私も、素敵な王子様と、お城の舞踏会へ……！』


手を組んでうっとりしていると、突然、中から車の音がした。

えっ、えっ！　どうしよう。キョロキョロ周りを見回して、慌てて近くの木陰に駆け込む。ほとんど同時に、門から車が出てきた。

お城の、お客様かしら？　好奇心に勝てず、頭をちょっと出してみる。

……あれ？　順は首をかしげた。見たことのある、黄色い車……。

次の瞬間、順の目が、これ以上ないくらいに大きく見開かれた。

「!!」

だ、だって、車を運転しているのは。

「パ……パパ⁉」

その隣りで、知らない女の人がピンク色の口紅を塗り直している。車は順が隠れている木の前を通り過ぎ、そのまま走り去っていった。

状況を把握できないまま木の陰からふらふら出てきて、車が走っていったほうを呆《ぼう》然《ぜん》と見る。

……いまのって……?

道の真ん中でぼんやり考え込んでいた順の顔が、突然ヘラッとゆるんだ。

ああ、そうか……そうだったんだ‼

うれしそうに両手を頬に当て、大きく伸び上がると、順は猛ダッシュで駆けだした。

造成地の一角にある順の家は、数年前買ったばかりの建売住宅だ。

ウッドデッキのついた洋風の可愛《かわい》い外観で、小さな庭には、母親の植えた色とりどりの春の花が所狭しと咲いている。

「ママー!」

順は、息を切らせて玄関に飛び込んだ。もどかしそうに靴を脱いで、ランドセルを放り出す。

「ママー！」

リビングに駆け込むと、母の泉《いずみ》はキッチンでお弁当を作っていた。

「あら、おかえり」

「ただいまっ！　ママ、あのねあのね！」

喋りながら、エプロンをつけた腰にがばっと抱きつく。

「さっきね順ね、すごい秘密知っちゃっ……」

顔を上げた順の口に、菜箸でつまんだ黄色い物体が押し込まれた。

「玉子焼きで、お口ぽいっ」

「はぅ！」

出来立ての玉子焼きは、ほかほか、ふっくら。ほっぺた落ちそうだ。

「ほいしい（おいしい）、はまい（あまい）！」

ジッとしてられなくて、からだがもぞもぞしてしまう。

「順はほんと、口から生まれてきたのね。ちょっと待ってね、いまパパのお夜食作っちゃうから……」

泉はそう言って微笑《ほほえ》み、再びお弁当を詰めはじめた。ごはんの上には、わざわざ海《の》苔《り》で「おつかれさま」と書いてある。

ごくんっ。玉子焼きを呑《の》み込むと、順は大急ぎで言った。

「そうっ、パパがね！　お城から出てきたの！」

おかずを詰めようとしていた箸先が、ピタッと止まる。

「お城……？」

「うん、お山の！」

順は大きくうなずき、うっとりと胸に手を当てた。

「パパ、王子様だったの！」

順の脳内で、いつしか父親はマントを羽織り、頭に王冠を載せた王子様になっていた。見知らぬおばさんはお姫様で、ふたりは馬に乗り、森の中を仲よく並んで走り去っていったのだ。

「お姫様、ママじゃなかったけど……。ママ、ご飯作ってたから、舞踏会行けなかったの？」

泉が急に黙り込んだことに、順は自分の話に夢中で気づかない。

「あっ、もしかしてママ魔女だったりするの？　でも、きっといい魔女ね。悪い魔女はもっと……むぐ⁉」

　玉子焼きが、また順の口をふさいだ。

「順……それ以上、喋っちゃだめよ」

　素手でつまんだ玉子焼きを順の口に押し込んで、そんなことを言う。泉は、順のほうを見てもいない。

「ふぁんで（なんで）……うっ？」

　質問をさえぎるように、玉子焼きがさらに口の奥へ押し込まれた。

「……それ、誰にも喋っちゃだめ。もう二度と、喋っちゃだめ」

　弁当箱を持つ母親の親指が、白いご飯の中にめり込んでいく。

　もう、二度と……？　不思議に思いながら、順は口の中の玉子焼きが、なぜか苦く感じられた。

　家に引っ越しトラックがやってきたのは、それから半月ほど経《た》った日曜日のこと。

「それじゃこれで全部ですね。こちらにサインお願いします」

「ああ、はい」

　父親が疲れたように、引っ越し業者からペンを受け取っている。

『お腹《なか》の出た王子様は、いい魔女に住処《すみか》を追い出され、
泣く泣くお姫様のもとへ……』

けれども、幼い順に、そんな経緯がわかるはずもない。

「パパ……」

玄関からのぞいていた順は、おずおず近づいて父親を見上げた。

「ね、どこに行くの……？」

パパもママは、「なんでもない」と口をそろえるけれど、なぜか七五三のとき写真館で撮った家族写真が、テレビ台の上から無くなった。

ママの左手の薬指からは結婚指輪が消えたし、そして今日は、とうとう玄関の表札が外されてしまった。

「あ、じゃ先、車に乗ってるんで……」

サインを受け取った引っ越し業者が、気まずそうに去る。

「……ねえ……」

不安でしかたがないのに、父親は無言のまま、家のほうを振り返った。

リビングのカーテンがさっと揺れる。家族で買いにいった、花柄のカーテンだ。そ

のカーテンの隙間から、母親の影がチラッと見えた。

「あ、あのねっ！　ママとケンカしたんならねっ、順が仲直りさせてあげる！」

両親が仲たがいしていることくらい、いくら子供でもわかる。

「だからね、パパはいままでどおりに……」

「順……おまえは、本当にお喋りだな」

「え？」

父親は家から視線を外し、うとましそうに順を見た。

「全部、おまえのせいじゃないか」

ゼンブ、オマエノセイ……？

その言葉が、氷の剣になって心臓を貫く。

凍りついている順を残して、父親はさっさと自分の車に乗り込んだ。

「お待たせしました。じゃ先導しますんで」

ブオオオンッ。エンジン音をふかして、父親の車とトラックは、瞬く間に走り去っていった。

空も、街も、木々も、そして順も、何もかもが茜色《あかねいろ》に染まっていく。

「うっ……！　ぐ……えぐ……」

順は雑木林の階段で膝を抱え、声を押し殺すようにして泣いていた。

ママの前で泣いちゃダメ……そう思って、目に溜《た》まった涙をこぼさないよう、がんばってここまで歩いてきたのだ。

「誰か……順の王子様。いますぐここに順を助けにきてちょうだい……」

肩を震わせながら、セリフじみた言葉を口にしたとき。

「やあ、王子様だよ」

すぐそばで声がして、順は思わず顔を上げた。

手すりの柵の上に、ヘンな玉子がいる。正装した、チョビ髭《ひげ》の玉子だ。羽根飾りのついた紫色の帽子のつばを、宙に浮かんだ白手袋の手でクイッとキザに上げたりして……。

順はがっかりして、すぐにまた顔を伏せた。

「どうして王子様じゃなくて、玉子なの⁉」

漢字は似ているけど、ぜんぜんちがう。

玉子はちょっと困ったように、肩をすくめる代わりに丸いからだを傾けた。

桜の木、お城の門の上、玉子パックの中、庭のウッドデッキ。ずっと順の近くにいて、順の物語を書いてきたのは、ほかならぬ玉子なのだから。

「王子様だよ、ほら。ここを隠すと」

言いながら、玉子はからだの横に浮かんでいる「点」を握った。

ぽんっ。玉子がたちまち王子様の姿に変わる。

「ね？」

「…………」

ムスッとして顔を上げた順は、ますます口をへの字に曲げた。カカシみたいに手足が細くて、かぼちゃパンツをはいた王子様なんて……。

あんたなんかいらないと言わんばかりに、ニセ王子の握った手を乱暴に払う。

「あ」

黒い点がこぼれ出て、ぽんっ。煙の中の中から、再び玉子が現れた。

「順の王子様は、こんなつるつるじゃないし、おならの匂いもしない」

ありのままを口にしただけなのに、玉子は、さもあきれたように手を――宙に浮いた手袋の手を、大げさに広げてみせた。

「いやあ、なんたる口の悪さ。きみは本当にお喋りだな」

「お喋りって、玉子まで順をそう言うの……？」

順は傷ついて、めり込むくらいに深く腕の中に顔を埋めた。

玉子が黙り込んでいる間に、雑木林には薄闇が忍び寄ってきた。

「……きみのこの先の人生、お喋りのために波乱に次ぐ波乱が待ち構えているだろう」

玉子は、急に真面目な口調になって言った。

「お喋りすぎて怪しげなキャッチセールスに引っかかり、お喋りすぎてコンクリで固められ海に沈められる」

「う、海に……⁉」

順は弾《はじ》かれたように立ち上がった。

小さい頃プールで溺れかけ、いまもまだ泳げないから、海に沈められたら絶対に助からない。鼻に水が入ったらすごく痛いし、息ができなくてものすごく苦しいだろう。ううん、そのまえにサメに食べられちゃうかも……。

想像しただけでからだが震えてくる。

「そう。いいかい。そんな人生を歩みたくなければ、お喋りを封印するんだ」

「封印……？」

順はきょとんとした。なにやら難しそうな言葉だ。

「そう！」

どうやって瞬間移動したのか、いきなり上から玉子が落ちてきた。間一髪、両手でキャッチする。

「お喋りを海に沈めることができれば、きみはキャッチセールスに引っかかることなく、本当の王子様に出会えて、本当のお城に行ける」

舞台の上の役者のように、玉子は手を広げたりくるりと回転したり、芝居がかった仕草で悠然と語る。

「ほんと⁉」

順はホッとして玉子を目の高さまで持ち上げ、それから不安げに目をしばたたかせた。

「で、でも……お喋り、やめられなかったら」

「王子様もお城も、すべておじゃんだ」

「おじゃん？」

聞いたことのない言葉で、またきょとんとする。

「本当の本当に、おじゃんになっちゃうんだ。キミも、シロミも、ごっちゃごちゃのスクランブルエッグだ」

順はぶるっと震えた。

黄身は順で、白身は順を取り巻く世界。

大きな菜箸がボウルに入ったキミとシロミをぐるぐるかき混ぜて、順も、ママも、パパも、先生も、のんちゃんもはるなちゃんも、加藤さんちの子犬のレオも、ぬいぐるみも絵本もお人形も、学校もお家も花壇の花も、夏休みも大好きなアニメ番組も、あっという間に形がなくなっていく。

すべてが波動の中に消え、ごちゃ混ぜスクランブルエッグの出来上がりだ。

「……そんな！　でも私、どうしよう『封印』なんて」

自分のせいで「おじゃん」になったら。恐ろしさで足がガクガクする。

「よしっ」

玉子が指をパチッと鳴らした。

「きみのお喋りが治るように、口にチャックをつけてあげよう」

伸びてきた玉子の手が、順の唇の端にぐいっと押しつけられた。

魔法みたいにチャックの引き手が現れ、玉子がそれを指でつまみ、ゆっくりと引っぱっていく。

順は狐《きつね》につままれたみたいにぽかんとして、玉子のなすがままだ。

「チー……」

玉子の黒い瞳が不気味に順を見つめる。

こうして、チャックで閉じられた順の口は、永遠に封印されたのだ。

＊

ふいに強い夕暮れの風が吹き抜けた。

祠《ほこら》の中で、玉子が怪しげに揺れる。

木々のざわめきに驚いたのか、石柱の上で休憩していたカラスが、真っ黒な翼を広げて飛び立っていった。

「……そんで、学校帰りに山の上のお城での、父親の不義密通……で、玉……玉子？　に喋るなと言われたと。それで……」

拓実は玉林寺の階段に座り、次々とスマホに送られてくるメールを読んでいた——

ドン引きしながら、であることは否めない。

また着信がくる。

『喋らない私が誕生しました』

「……なるほど。えっと、これがフィクションではなく……」

『実話です。』

多少なのか、これで。

『多少脚色はしてありますが。』

「……その、お城ってのは、あれか？　山の上にあったラブホ……？」

すでに営業はしていないが、建物はいまもそのまま、山の向こうに頭を出している。

拓実は、左斜め後ろを振り向いた。階段の二段ほど上に座っている順が、真剣な顔でこくり！　と力強くうなずく。

「そっかー、すごいなー……」

思いきり棒になった。

「基本はヤバい意味で……」

おっと、よけいなことを。順が首をかしげてこっちを見ている。

「とにかく……俺が心のぞくとかホント誤解だから。あのときの玉子の歌もさ、ここでおっさんから聞いた話を、適当に歌っただけで……」

思い出させるなよ恥ずかしい。

すると、順がまた真剣にメールを打ちはじめた。あのさ、と声をかける。順が顔を上げた。

「その、メールでやりとりするのって不毛じゃないか？　それに」

拓実をさえぎるように突如、

「腹、つう～～……!!」

溜めた声を一気に放つかのように、順が叫んだ。次の瞬間、片手でお腹を押さえ、苦しそうな顔になる。

「え？　なに？　大丈……？」

慌てて腰を上げたが、順は前屈《まえかが》みのまま片手で携帯を操作し、拓実のスマホに次々とメールを送ってきた。

『私お喋りすると、』

『お腹いたくなっちゃうんです。』

『きっとそれが呪いなんだと思うんですが。』

拓実は、改めて順を見た。呪いね、えっと、ここは気のきいた返事を。

「……そうなんだ……」

そう言う以外、どこをどう探しても言葉が見つからなかった。

「ほんとに、大丈夫か?」

本堂の脇にあるベンチで横になっている順に、拓実は声をかけた。

『ありがとうございましたm(_ _)m』

『大分おちつきました。』

メールを読んでから、もう一度、順のほうを見る。

「そっか。んじゃ俺はそろそろ行くわ。そっちも気をつけて」

歩きだしたとたん、順ががばっと起き上がった。

「ん?」

立ち止まって待っていると、順は携帯でメールを打とうとしているようだ。けれど、なぜかためらっている。

「ぎゃはは!」

ふいに風に乗って、にぎやかな笑い声が聞こえてきた。階段の下の道を、小学生の男の子たちが下校しているらしい。

「ABCの階段で、カニにち○ぼをはさまれたー♪」

「ち○ぼー!」

なんのヒネリもない下ネタに大爆笑しながら帰っていく。

「しょーもない歌……。ま、あれが面白いんだよな」

拓実の呟《つぶや》きを聞いて、順が勇気づけられたようにメールを打ちはじめた。

『今日言ってたこと、本当にそう思いますか？』

『歌の方が気持ちが伝わるって思いますか。』

「これって……」

拓実は首をかしげながら、スマホから順へ視線を移した。

順はまじろぎもせず、真剣なまなざしを拓実に向けている。言いたいことはよくわからないが、いいかげんに流せる雰囲気じゃない。

拓実は、順から視線を外すように上を向いた。

「ほうが、ってことは……。まあでも『歌』ってか音楽って、もともと何かを伝えるためのものだと思うし……成瀬もさ、伝えたいことあるんなら、歌ってみるのもありなんじゃね？」

相沢や岩木に聞かれたら軽く死ねる。

「歌ならさ、呪い関係ないかもしれねーし」

気恥ずかしくなって、冗談っぽく言ってみた。

「って……」

順に目を戻すと、感動したように口を半開きにし、頰を染めてぽーっと拓実を見つめている。

が、次の瞬間、順はハッとして顔をそむけ、カバンをつかんで立ち上がるや、そのままダダダッと階段のほうへ駆け出していった。

「え？　おい？　……なんだ？……」

呆然としていると、手に持ったままだったスマホがメールを受信した。順だ。

『またお腹痛くなってきました。帰ります。』

なんかこう、表情と行動がちぐはぐなような。

「……うーん……」

やっぱり読めねえ。

＊

外から犬の吠《ほ》え声が聞こえる。

たぶん、加藤さんちのレオだ。すっかり老犬になってしまったけれど、散歩中に猫に遭遇したのかもしれない。

通り過ぎていったカブは、郵便屋さんか、それとも新聞配達のアルバイトか……。リビングのカーテンはいつも閉め切っているから、振り返るまでもなく外の様子は見えない。表札が母親の旧姓の「成瀬」になった頃、花柄のカーテンも、重苦しい灰色に取り替えられた。

順は制服のままソファに正座し、うわの空で洗濯物をたたんでいた。ランドリーバスケットからタオルを取り、膝の上で三つ折りにして前に置いて、そのままごろんと後ろ向きに寝転がる。

スカートのポケットを探り、携帯を取り出した。

『お疲れ。また明日。』

拓実からきていた返信だ。何度見ても口元がゆるむ。

順は携帯を胸に当て、ほうっとため息をついて目を閉じた。

そのとき、ピンポーン！　インターホンが鳴った。

びくっと目を開ける。幸せな気分がいっぺんに吹き飛んだ。インターホンは鳴り続けているが、からだは金縛りにあったように動けない。

順はぎゅっと目を閉じ、携帯を持つ手に力を込めた。目を開き、ソファから起き上がる。

「あら、成瀬さんち？」

「そうなの」

外から会話が聞こえてきた。声の主は、ふたりとも近所のおばさんだ。

「明かりついてるんだけど」

あ……洗濯物を取り込んだとき、うっかりカーテンを開けっぱなしにしてしまった。

「ああ、でもほらここって、やっぱり、あの娘さん……」

悪意のこもった声音、興味本位の噂話《うわさばなし》。胸の中がざわざわする。

順はくじけたようにソファに倒れ込んで、両手で耳をふさいだ。

いつもこうだ。けっきょくこの繰り返し。永遠にこの繰り返し。

うつぶせになってクッションに顔を埋め、嵐が去るのを待っているうち、いつの間にか日が落ちていた。

――伝えたいことあるんなら、歌ってみるのもありなんじゃ――

あのときの拓実の言葉。心をわしづかみにされたと言っても、過言じゃない。また腹痛に襲われても最悪、ひと晩お腹を抱えてうなっていればいい。

半ばヤケクソになって、順はクッションを顔に押しつけたまま、くるっと上向きになり、全力で歌った。

「たまーごにーささげよー！！！！♪」

しばらくその状態で、腹痛の到来を待つ。

あれ……？　ゆっくりクッションを下ろし、お腹をさわってみる。なんか……大丈夫そう……？

「……たまーごにーさーさーげよー　beautiful words　ことばをーさーさーげよー♪」

ささやくように歌いながら、むくりと起き上がった。なんともない……なんともない！

「おなーかーがー……いたーくないっ♪」

湧き上がる喜びを噛《か》みしめながら、順は歌い続けた。

＊

早朝のグラウンドで、野球部員たちが素振りに励んでいる。

人数はせいぜい二十人ほどで、広いグラウンドに人影はまばらだ。

「いくら朝練が自主参加っても、こんだけしか集まんねーって。なんの冗談だよ……！」

大樹は吐き捨てるように言い、握力強化用のボールを握りしめた。その力の強さから、怒りの深さが見て取れる。

近くで素振りをしていた三嶋が、すまなそうにバットを下ろした。

「……わりぃ、大ちゃん」

「は？」

「やっぱ、俺が頼りねえから……」

そんな親友の言葉も、いまの大樹には苛立《いらだ》ちを煽《あお》るものでしかない。

「んな話、してねえだろ？」

「でもっ……」

「おまえは！　……キャプテンとしてしっかりやってるよ」

「……大ちゃん……」

いつか爆発するんじゃないか――そんな不安が三嶋の顔に浮かぶ。

大樹は肩を落とした。三嶋がいつも気にかけてくれているのはわかっている。くそっ、頭ン中がどうにかなりそうだ……。

大樹は、手の中のボールを握りつぶさんばかりに力を込めた。

司会は菜月にまかせようと思っていたのに、城嶋に言われて、拓実は教壇に立つハメになってしまった。

その城嶋は、窓に寄りかかって高みの見物だ。

「えー、とりあえず候補として、朗読、創作ダンス、民謡と舞踊、合唱、アカペラ合唱、演劇、英語劇」

いやいや拓実が読み上げるのを、書記係の順が黒板に書いていく。

拓実の横に控えている菜月は、ちょっと顔を赤くして窓際の後方をにらんだ。明日香がニヤニヤ、小さく手を振っているのだ。

が、紙に目を落としている拓実は、そんな菜月に気づかず続けた。

「それといちおう、今回のオリジナルとして……ミュージカル。以上のものを考えてみました。とりあえずこの中から……」

「えー、こん中から〜？」

「やっぱ面倒だな」

「去年なんだったっけ？」

たちまちクラスがザワつく。まあ、想定内の反応だ。

「ミュージカルって昨日、観《み》たみたいな？」

「ハードル高すぎだろ」

「なんでもいいけど簡単なのがいい」

キレイ女子の小田桐芭那《おだぎりはな》が、堂々と爪の手入れをしながら言った。爪じゃなければ髪、髪じゃなければ眉、美への追求は限りなく、無駄に費やす時間はないらしい。

「確かに」

ふれ交反対派の明日香が同意する。

「まあまあ！　俺は悪くないと思うなあ。このアイデア」

事態を憂慮したのか、城嶋が話に入ってきた。

「新しいことにチャレンジするってのは素晴らしいよ！」

抜け抜けと……。拓実は心の中で苦虫を嚙み潰した。

「なにが悪くないだよ、言い出しっぺが……」

ボソボソ小声で愚痴ったとき、

「ばっかじゃねーの？」

最後列から怒鳴るような声があがり、皆がいっせいに大樹を振り返った。

「なーにがチャレンジだよ、んなもん無理に決まってんだろ」

「は？」

思わずカチンときた。拓実だって本音は同じだが、なんにもしてない奴に言われたくない。

「なにも始めるまえから無理とか……」

菜月の正論を、大樹がケンカ腰でさえぎった。

「無理だろ。だいたい、どうすんだよその女？」

馬鹿にした口調で、黒板の前にいる順をクイッとあごで指す。

「実行委員に喋んねえ女いて、そんで歌とかミュージカルとか謎すぎんだろ。頭煮えてんじゃねぇのか……なあ？」

同意を求められた三嶋は「う？」と詰まった。

「あー……んー……」

さすがに同意するのはためらわれたらしい。

順は泣くのをこらえるように口を引き結び、強く組んだ手を震わせている。

「ちょっと田崎！　あんた、なにからんでんの？」

根っから体育会系の明日香は、こういう個人攻撃が大っ嫌いだ。

「あ？　本当のことだろ。なあしまっちょ、そんな使えねえやつ外してもっかい委員選び直したほうがいいんじゃね？」

暴言にじっと耐えている順を、菜月が心配そうに見やる。

「田崎！　いいかげんに」

城嶋が眉をしかめて教師の顔に戻ったとき――。

「使えねえのはどっちだよ」

拓実は、静かに怒りをたぎらせて口を開いた。

「……ああ？」

にらみつけてくる大樹の目が座っている。

「……あんた、どこでも一緒だな」

一瞬ひるみそうになったが、意を決して教卓を回り込んだ。

「坂上くん！」

引き留める菜月の声が聞こえたが、振り返らず前に出る。

キャラじゃないのは、自分でもわかってる。でもな。言いたくても言えない言葉、喉《のど》まで出かかって、けっきょく呑み込んだ言葉。誰もが大樹のように、思ったことをなんでも口に出せるわけじゃないんだ。

やんのかよ――大樹が怒気をはらませて、ゆらりと椅子から立ち上がった。

う……さすがの迫力。緊張で脈拍が速くなる。

「おい大ちゃん……！」

三嶋。そういやあいつがキャプテンだったな。構うもんか。

「後輩くんたちもかわいそうに」

最大限の効果を狙って口を切る。力じゃかなわないなら、言葉をこぶしにするまでだ。

「はぁ？　なに言ってんだ」

けげんな顔の大樹に、拓実はひと息に言った。

「後輩くんたち愚痴ってたよ。使えないポンコツのくせに、毎日えらそうに出張ってきてすっげー邪魔だってよ！」

「な……ッ⁉」

大樹の細い目に驚愕《きょうがく》が走った。後輩たちからそんなふうに思われているとは、夢にも思っていなかったらしい。

「おい坂上……テメェなにテキトーなこと言ってんだァァ⁉」

雷に打たれたように動けなくなっている大樹の代わりに、三嶋が凄《すご》い形相で拓実に向かっていく。

「うわ！」

「えーこれまずいんじゃん？」

いっせいに教室がどよめきはじめた。

「いっくん⁉」

「なんも知らねえくせに、勝手なことうだうだほざきやがって、テメェに大ちゃんのなにがわかんだよ⁉」

頭に血が昇ってラブラブな彼女の声も耳に入らないらしく、後ずさろうとした拓実の胸ぐらを、逃がさねえとばかりに三嶋がガッとつかみ上げた。

「アァ⁉　なんとか言えよ！」

「おい！　三嶋、ちょっと落ち着け‼」

城嶋が慌てて間に入ってきたが、三嶋は構わず拓実を締め上げる。

「ちょ……苦し……」

「拓ちゃん⁉」

立ち上がったものの、チビでオタクという二重苦を抱えた岩木にできることはそこまでだ。相沢など、立ち上がる気配すらない。

「ねえ！　やめてよ、なんなの⁉」

見ていられずに菜月が駆けてくる。

「先生ちょっと放してくれよ」

「いやそんなわけには……」

手を振りほどこうとする三嶋、しがみつく城嶋。

「苦し……て」

「ねえやめてってば！　ねえっ!!」

うめく拓実を見て、悲鳴をあげる菜月。

教室のど真ん中で四つ巴《どもえ》の大騒動が繰り広げられているが、張本人の大樹は、完全に出遅れて蚊帳の外だ。

おろおろしながらその騒動を見ていた順は、思いきったように組んでいた手を額に当てた。

深く息を吸い込んで、キッと目を見開く。そして――。

「なあ！　おまえさっき」

歯止めのきかない三嶋を制するように、突如、歌声が響いた。

「♪わ、たーしはーやれーるよー」

三嶋の動きがピタッと止まる。

みた。

——この曲は『Around the world』。

まさか……。三嶋に胸ぐらをつかまれたまま、拓実はゆっくり首を後ろに回して

順が額に両手を当て、祈るようなポーズで歌っている。

「♪不安はーあるけーどー♪」

肩が震え、足をガクガクさせながら、それでも歌い続けている。

透き通るような、キレイな歌声だ。

三嶋も、菜月も、城嶋も、大樹も、教室中が息を呑んで順の歌に聴き入っている。

ようやく顔を上げて目を開けた順は、皆の視線が自分に集まっていることに、今さらながら気づいたらしい。

「♪きっーとでー……きー……るー………………」

顔が赤く染まるにつれて声が徐々に小さくなり、蚊の鳴くような声で歌い終わるや、逃げるように教室を走り出ていった。

「成瀬さん!? ちょっと!」

菜月があとを追いかけていく。

「……えー、なにあれ?」

誰かのひと言で、一同は騒然となった。

「え、成瀬だよねいまの⁉」

「なにこれ。ミュージカルってやつ？」

「なんなの、仕込み？」

教室中央の対決など、もはやワンクール前のドラマのように忘れ去られている。

「三嶋……」

城嶋が穏やかに目で諭すと、三嶋は毒気を抜かれたように、あっさり拓実から手を放した。

「……わり。ちょっとカッとなった」

「あ、いや俺もちょっと言い過ぎたし……」

拓実も同様だ。

順の歌のおかげで、さっきの怒りは、引き潮のように収まっていた。

なかなか戻ってこないふたりを探しながら拓実が廊下を歩いていると、菜月の心配そうな声が聞こえてきた。

「成瀬さん？」

……困った。声は、女子トイレの中から聞こえてくる。

「ねえ本当に大丈夫？　やっぱり先生呼んで……」

「に、仁藤？　そのー、そこにいんの？」

拓実は人目を気にしつつ、扉の外から控えめに声をかけた。

「成瀬も一緒か？　大丈……」

「坂上くん」

有り難いことに、菜月が中から出てきてくれた。

「おお、成瀬は？」

「中。個室に閉じこもっちゃって……」

すすり泣きが聞こえ、菜月は捨てておけずに、ずっと個室のドアの前で声をかけていたらしい。

と、拓実のポケットでスマホが振動しはじめた。

慌てて取り出すと、順からのメールだ。なんとなく菜月にも見せる格好になる。

『ごめんなさい　ごめんなさい』

文面から、順の落ち込んでいる様子が目に浮かぶ。

「え、これって成瀬さん？」

菜月は意外な顔だ。

「ああ、昨日ちょっとな」

トイレの順が気になって、拓実は説明を省いた。再びメールがくる。

『勝手にあんなこと言ってごめんなさい。』

まるでメール画面が泣いているように見える。順はずっとこんなふうに、自分のせいだと責め続けてきたのだろうか。

拓実はもう一度トイレに目をやり、返信を打った。

『こっちこそごめん。助かった。腹、痛いか？』

順からの返信を待っている拓実を、菜月が気がかりそうに見ている。

ほどなく、スマホが順のメールを受信した。

『痛くないです。』

『痛くないんです。』

『坂上君の言ってた通り』

『歌なら痛くないんです。』

一瞬なんのことかと思ったが、玉林寺で自分が言ったクサいセリフを思い出した。

伝えたいことあるんなら、歌ってみるのも……。

「……そっか」

拓実は、ふっと微笑んだ。

「坂上くん……？」

何も知らない菜月が、そんな拓実をもの問いたげに見ていた。


「……そっか。昨日、そんなことあったんだ」

昼休みになってから、拓実は玉林寺でのことを、ざっと菜月に説明した。むろん、山の上のお城のくだりは省略してある。

「……それで……」

「ん？」

弁当箱を脇に抱え、自販機の取り出し口からジュースを取って立ち上がると、菜月は、ううんと笑った。

「でも、よかった。あのあと成瀬さん、授業出てくれて」

「教室の雰囲気はビミョーだったけどな」

「まあね」

「んじゃ俺、部室で飯食うから」

渡り廊下に出ると、拓実は言った。ここから中庭を通っていくのだ。

「あ、うん……」

数歩行ったとき、背後でぽつんと菜月が言った。

「……キレイな声だったね、成瀬さん……」

「ん……」

拓実は立ち止まって、落ち葉が舞う足元を見つめた。それから、ゆっくりと空を仰ぐ。

快晴の青空。屋上のはるか高く、ハケで刷《は》いたような透き通った雲が流れていく。

「なんとなく……気持ちわからなくもないんだ。あいつの」

「え」

「……俺も、言いたいのに言えないこととか。やっぱ、あるから」

「…………」

ふたりのあいだを、枯れた色の秋風が通り過ぎた。菜月の柔らかそうな髪がふわりとなびく。

「……うん」

菜月は髪を押さえながら、目を伏せた。

まるで、置き忘れてきた何かを後悔しているかのように。

＊

部室のドアノブに手をかけたとき、その歌が聞こえてきた。

♪ワターシーハーヤレールヨ……

これって……？　拓実はけげんに思いながらドアを開けた。

「あれ、こんなんだっけ」

「元の曲もアレンジいっぱいあるから、この中から……」

相沢と岩木が、それぞれパソコンを前に作業に没頭している。

「お、拓」

「うわ！　ワイルド番長来た！」

岩木がさっそく冷やかしてきた。

「いや、実際、かっこよかったよ？　成瀬かばってさぁ」

にやにやにや。チェシャ猫そっくりの相沢を軽くにらみつけ、拓実は言った。

「それより、この曲って……」

待ってましたとばかり、相沢が岩木と顔を見合わせてニヤリとした。

「今日、成瀬が歌ったやつ、ちょっと作ってみたんだ」

相沢のパソコンで、作りかけの曲がリピート再生されている。

「なんで……」

「成瀬さんの歌聞いて、ピンときたんだよね」

岩木が言った。

「そ。ＤＴＭでミュージカルっぽいのってありだなって」

相沢が得意げにあごをそらす。

「漫画のセリフとかに曲つけてもおもしろそうだよね」

「お、いいな！　ハンターやろーぜ、ハンター！」

「えーなんかベタじゃね？」

「誰が番長だよ」

「んなことねえよ！」

盛り上がっているふたりをよそに、拓実はパソコンをのぞき込んだ。

♪ワタ－シハ－ヤレ－ルヨ－　ファンハ－アルケド－　キットデ－キル－……

モニターのミントが、順の歌をうたっている。なんだか、妙な気分だった。

本当に、妙な気分だ。

下校する生徒たちに混じって、こんな明るい時間に校門へ向かっているなんて。

「大ちゃん！」

フェンス脇を歩いていた大樹は、名前を呼ばれて振り返った。

「おう」

ユニフォーム姿の三嶋が、スパイクをガチャガチャ言わせながら走ってくる。グラウンドから、ほかの生徒より頭ひとつ飛び出た大樹の姿を見つけたらしい。

「大ちゃん、その、今日は部活……は？」

荒い息をつき、言いづらそうにきいてきた。

「悪い、ちょっと用事があるんだ」

「……もし坂上が言ってたこと気にしてんなら、あんなの！」

「ちげーよ‼」

ムッとして横を向く。思い出したくもねえ。

「ホントに用事あんだよ。監督にも報告済み」

そう言って、困ったな、という顔を作る。

「……そ、そっか……じゃ」

自分の早とちりが気まずいようで、三嶋は帽子のつばを少し下げてうつむいた。

親友のそんな姿に、胸がチクリと痛む。

「いっくーん！」

突然、ハートを散らすような場違いな声が響いた。

「今日も終わったらコンビニで待ってるからねー‼」

渡り廊下から、陽子が三嶋に大きく手を振っている。チア部のメンバーと一緒だというのに、まるでお構いなしだ。

「おーう！」

ぶっきらぼうな三嶋の返事が照れ隠しなのも、残念ながら一目瞭然である。

「陽子、早く行くよ」

明日香が渋い顔をしている。

「もーう、妬《や》かないでよう」

「誰が……？」

明日香がプンプンしながら先を歩いていく。

集団の最後尾を歩いていた菜月が、チラッとふたりを見て行った。

なめらかそうな白い肌と、ほどよくふくらんだ胸が遠目にもわかる。あきらかにほかの女子よりハイスペックな容姿だ。

大樹は「んじゃ」と三嶋に背を向けた。

「今日の坂上、もしかして菜月にいいとこ見せたかったのかな」

渡り廊下に目を残したまま、三嶋が言った。

「は？」

「いや、俺あのふたりと同中なんだけど、中学んとき……」

嘘《うそ》みたいな三嶋の話に、大樹は目を丸くした。

「うわーハラへった」

「コンビニ寄ろーぜ」

部活帰りの生徒たちが、がやがやと帰っていく。

「あー、ミソポテト食お、ミソポ」

菜月は、空《す》きっ腹を抱えた男子生徒の群れを追い越して、駅へと急いだ。

夕闇はすでに深い。道路の街灯が灯《とも》りはじめ、駅の向こうに見えるセメント工場は逆に稼働を停止している。

「ヤバ、もう電車来てる！」

これを逃したら、次までだいぶ時間がある。

カバンのポケットからＳｕｉｃａを出して自動改札に叩きつけ、発車のベルを聞きながら階段を駆け上がる。

——ギリギリ、間に合いそう。

息切れしながらホームに滑り込んだ菜月は、ハッとして足を止めた。

「……！」

シューッ。扉が閉まり、電車がゆっくりと動きだす。ホームを離れた電車は、たちまち東南の方角へ走り去ってしまった。

「……なんで乗らねーの？」

大樹が、誰もいなくなったホームのベンチにひとり腰かけていた。

菜月は息を整えると、乱れた前髪を直しながら言った。

「……そっちこそ、なにしてんの？　こんなところで……」

大樹はベンチの背にからだを預け、だるそうに長い脚を放り出している。

「んー？　あんま早く帰っと、母ちゃんびっくりするからな」

「え？」

「……野球やんねーと、時計が止まってるみてーだ」

思いがけない真顔。それに、自信家の大樹の口から出たとは思えない頼りない声。

言葉に詰まっていると、大樹は、いつもの皮肉めいた目つきに戻って言った。

「なあ、おまえも暇ならつきあえよ。俺と山の上の城でも、行かね？」

「城……？」

一瞬ののち、菜月はかあっと赤くなった。

「……って、ばっ！　……あれって、ラ、ラブホじゃない！」

ぷいっとそっぽを向く。なんなの、この男。

「行くわけないでしょ！　ってかあそこ、去年潰れたって……」

「よく知ってんな」

大樹に揚げ足をとられて、菜月はさらに顔を赤らめた。

「そ、それは、みんなが言ってたから……」

「つきあえよ、俺と」

「だか……！」

言い返そうとして、気づいた。うつむいた大樹の横顔に、からかいの色は……ない。

つかのまの沈黙のあと、菜月は口を開いた。

「……ダメ。私、つきあってる人いる」

「え⁉　誰？」

大樹が珍しく素でうろたえている。

こんなとき、陽子だったらうまくごまかすだろうし、明日香ならそれ以前にすっぱり断っているだろう。

けれど、あいにく菜月はとことんまじめで、嘘が苦手ときている。

「……内緒」

苦しまぎれに答えた。

やはり納得してはくれず、大樹は不服そうに菜月を見ている。

「……んじゃ、坂上とは、どんぐらいつきあってたん？」

菜月は、ゆっくりと顔を上げた。

驚きはしない。同中出身はクラスに何人かいる。明日香も三嶋もそうだし、拓実とつきあっていたことを、大樹が知っていても不思議はない。

「あいつとは城、行ったりしたんか？」

意地悪くニヤリとする。

「……手もつないだことないよ」

いやな奴。菜月はむすっとして答えた。

人がいなくなる道の曲がり角で待ち合わせして、並んで一緒に帰るだけの、まっさらな新雪みたいなつきあいだった。

「っていうか、メアドも知らない」

知ってる女の子は、ほかにいるけどね。順のメールに微笑んでいた拓実を思い出して、心にさざ波が立つ。

「それでつきあってたって言えんのかよ」

あきれ顔で大樹が言う。

「もういいでしょ」

うんざりした菜月は、きびすを返して歩きだした。

「どこ行くんだよ」

「バス。次の電車まで三十分以上あるし」

後ろで大樹がふん、と鼻を鳴らす。

相手にしてられない。さっさと帰ってお母さんの夕飯食べて、いやがらせみたいに出てる英語の宿題しなくっちゃ。

足早に階段の手前まで来て、菜月はふと立ち止まった。

……時間が止まったままだとしたら……大樹は、いつまでベンチに座っている気だろうか。

——ああもう、自分のおせっかいがいやになる。

「時間、もし潰したいなら、ふれ交。手伝ってよ」

「は？」

「準備も大変だし、時間、いっぱい潰せると思うよ」

背中を向けたまま言うと、菜月は階段を駆け下りていった。

菜月の姿を見送ったあと、大樹はごろんとベンチに寝転がった。

「くそっ……」

とことんダセェな、俺。

暮れかけた空に、気の早い月が出ていた。

大丈夫、できる。

順は携帯を握りしめ、暗い玄関に座っていた。

無我夢中だったとはいえ、どうしてあんなバカをしてしまったのか。

目を開けたときに飛び込んできた、みんなのあきれ顔。

しかたなくトイレにこもったけれど、穴があったら入りたかった。深い穴の奥底に潜んで、一生モグラのような地中生活。それなら誰にも迷惑かけたりしない。

二度と拓実に合わせる顔がないと、そう思っていた——なのに。

「助かった」。そう拓実が言ってくれたから。

順は、携帯を持つ手にぐっと力を込めた。

そろそろだ。おばさんが来たのは、昨日も、おとといも、この時間だった。

思ったとおり、玄関扉のガラス越しに、人感センサー付きの照明がパッと灯った。

続いてインターホンが鳴る。

「………」

できる、大丈夫。

勢いをつけて立ち上がったとき、自転車にブレーキをかける音がした。

「あら、また成瀬さん？」

先日と同じ、顔見知りの主婦が通りかかったらしい。

「そう、どうしようかしら。今度、町内会長に……」

ひとつまみの悪意を含んだ、迷惑そうな声音。いつもの順だったら、とっくにくじけていただろう。けれども、今日はちがう。

がちゃっ。順は扉を開け、口を真一文字に結び、おばさんを見上げた。緊張しすぎて、にらみつけているように見えたかもしれない。

「あ、あら……」

おばさんは怯《おび》えたような、びっくりしたような、バツが悪いような、なんとも言えない顔をしている。

「……はい、確かに今月の町内会費、いただきました」

順が渡したお金は、ファスナー付きのビニールケースの中にしまわれた。それを見届けて、順はようやくホッと力を抜いた。

順にだって、できることがある。喋れなくても、やろうと思えば……。

「お母さん、いつも遅いのね」

てっきり帰ると思っていたおばさんが、また話しかけてきた。

「保険っていま、大変なんでしょう？　入る人少なくて」

……どうしようどうしよう。順は戸口に立ったまま、指先をもぞもぞさせた。

「あ、そうだ、順ちゃん、学校はどう？」

おばさんは順の戸惑いをよそに、ぺらぺらと喋り続ける。

「うちの子、来年受験でしょ？　順ちゃんとこの学校どうかな」

パーカーのポケットに入れた携帯を上から強く握りしめ、順はぐっと口元に力を入れた。

よしっ……！　答えようと顔を上げたとき、家の前で車が停《と》まった。

白の軽自動車。順の母親、泉の車だ。

バタンとドアが開き、泉が慌ただしく降りてきた。

「こんばんは。あの……」

「あら、お帰りなさい。いえね、町内会費を……」

「ああ！　すみません」

泉は急いでドアを閉めると、肩にかけたカバンから財布を取り出しながら小走りに駆けてきた。

「今月分まででしたね。最近忙しくて。えっと」

財布を開けようとした泉を、おばさんが手で止めた。

「ああ、いただきましたから」

「え？」

「じゃあね。順ちゃん」

名前を呼ばれた順はハッとして、ぎこちなく頭を下げた。

「それじゃお邪魔しました」

「あ——ええ、ご苦労さまです」

帰っていくおばさんを見送ると、泉がキッと順を振り返った。

責めるような視線にひるんでいると、玄関の中へつかつか入ってくる。

「……ママがいないときは出ないでいいって言ってあるでしょう」

思わず脇に避けると、泉はすれ違いざま、順を見ずに言った。

上がり框《がまち》に乱暴にカバンを置き、ドサッと腰を下ろす。

「みっともない……」

「!!」

「喋らない子って、いろんなところで噂になってて……もうお母さん……」

泉は顔をしかめて額に手を当てた。

順は、すがるようにポケットの携帯に震える手を伸ばした。

愛想笑い。とれない契約。かかとのすり減ったローヒールのパンプスに、くたびれたスーツ。その中でも、いちばん母親をうんざりさせているのが、順なのだ。なのに、捨てたくても捨てられない。

「あ、車……」

泉が顔を上げると同時に、順が玄関を飛び出していった。

「順⁉ ちょっと、どこ行くの！」

道路に停めっぱなしのライトのついた車の前を通って、母親の声を振り切るように全速力で駆けていく。

「………」

腰を浮かせていた泉は、順を追いかける気力もなく、ズキズキする頭を押さえてへたりこんだ。

その拍子に倒れたカバンから、保険のパンフレットが何冊もこぼれ出る。

「はあ……」

濃い疲労の色が、泉の横顔に浮かんだ。

拓実は片手にビニール袋を提げ、国道沿いのコンビニを出た。

念のためにスマホを取り出し、祖母に頼まれた買い物メモをもう一度チェックする。

「え……っと、電球、ヨーグルト、朝のジュース、醤油《しょうゆ》……よし」

最初はトイレの電球だけだったのが、あれもないこれも切れそうと品数が増えていくのはいつものことだ。

ホーム画面に戻して、少し考えてから、順のメールを開いた。

「歌、だったら……か」

教室で震えながら歌っていた、順の姿がよぎる。

ぼんやり画面を見つめていると、スマホが音を立ててメールを受信した。なんと、当の順からだ。

「……は？　なんだこりゃ……？」

拓実は首をひねった。

『むかしむかし、あるところに。

お金がなくて、頭もあんまりよくない少女がいました。』

そんな文章で始まる物語のようなものが、画面にぎっしり書きつらねてあった。スクロールすると、巻紙のように文章が延々と続いている。

「長……」

すると、次のメールが送られてきた。

「って、また？　えっと……」

コンビニから出てきた客にジロジロ見られて、拓実は歩道のほうへ避難した。その間にも、メールはどんどん送られてくる。

「げ、ちょっと待てよ。えっと」

返信しようとすると、また着信。

「なんなんだいったい……」

畳みかけるように、また着信。

さすがにムッとして返信を打ちかけ、最後にきたメールを見て、拓実は手を止めた。

『私の言葉を、歌にして下さい』

「言葉を……歌に……？」

拓実は眉を寄せた。

目の前の国道を、路線バスが通り過ぎていく。

しばし真剣に考えたが、出てきた答えは。

「……わけわかんねえ……」

「あのっ!!」

突然の声に振り向けば、十メートルほど離れたバス停に順がいる。

グレイのパーカーにショーパン、足元はどうしたわけかおばさんサンダルだ。

いま停まっているバスから降りてきたらしいのに、膝に手をつき、肩で息をしている。

「あのっ、玉子の歌みたいにしてほしいんですっ！」

順は上体を起こして、ひと息に叫んだ。

「成瀬？」

「私の、気持ち……ほんとに、喋りたいことっ!!」

生まれたての仔馬が立ち上がる瞬間のように、たどたどしく言葉を絞り出す。

「……素敵な……う、歌」

圧倒されていると、順は苦しそうに顔をゆがめた。それでもがんばって続けようとする。その額には、見慣れた脂汗が……。

「歌に……!!」

ふらりとからだが揺れ、順はお腹を押さえてその場にうずくまった。

「え!? お、おいっ! 成瀬!?」

これで何度目だろうか。拓実は慌てて順に駆け寄った。

「ほら、こっちだよ、足元気をつけてな」

声をかけると、順はからだを半折りにして、よろよろ入ってきた。

「拓実?」

台所のほうから声がして、片手に皮むき器、片手にジャガイモを持った祖母が廊下に顔を出した。

「あー」

この状況、なんと説明したものか。

順は弾かれたように顔を上げた——が、すぐまたお腹を押さえて上体を折る。青ざめた顔には滝のような汗が……。

「挨拶はいいからっ！　そこの突き当たり！」

拓実が慌てて廊下の先を指さすと、順はバタバタ駆けていった。

「……友達か？」

祖母の後ろから、祖父も顔を出している。たったいま、なんでも拓実に頼むのはやめなさいと、妻に説教していたところだ。

「え？　あー、うん。……かな？」

そのとき、ハッと気づいた。コンビニ袋の中！

「おい！　電球！　トイレ!!　あーちょっと待ってろ!!」

あたふたと走っていく。

あまり感情を表に出さない拓実の、こんな姿は珍しい。祖父と祖母は、思わず顔を見合わせた。

3

チュールを重ねてたっぷりふくらんだドレスの裾が、軽やかなワルツに合わせて、ふわふわ翻ります。

夢見がちな少女は、お城で毎夜行われている舞踏会に憧れておりました。

しかし、その舞踏会は、じつは罪人たちの処刑場だったのです。

彼らには、罪を償うため、死ぬまで永遠に踊り続けなければいけないという呪いがかけられていました。

ためらうことなく、少女は罪を犯しました。

その忌まわしい真実を知ってもなお、舞踏会に行きたかったのです。

少女は、さまざまな犯罪を重ねました。しかし、誰からも罪に問われることはありません。

私は永久に、舞踏会には行けないのだ——少女は、絶望しました。

お城は消えて、星だけが瞬く真っ暗闇の中。そんな少女の前に、謎の玉子が現れました。

玉子はつるつるの顔の下で意地悪く笑いながら、少女をそそのかしました。

この世界でもっとも重大な罪は、『言葉で人を傷つける』ことなのだと——。

少女は突然、身をよじりました。開いた口からイバラが飛び出し、その棘《とげ》は赤い染みをつくりました。イバラはどんどん広がり、世界は不気味な血の色に染まっていきます。

そうなのです。

玉子の悪巫山戯《わるふざけ》を信じた少女は考えつくかぎりの悪口を吐き散らし、人を傷つけ、人に嫌われ——そして気づいたときには、言葉を失ってしまいました。


「……と」

拓実は、長いメールを読み終えた。

その間、順は客間の座卓の向こう側で膝を正して座り、大半はもじもじしながらうつむいていたが、時どきチラッと拓実をうかがい、目が合うと慌てて顔を伏せるという、いつもの行動を繰り返していた。

そんな女の子が、このなかなかにエグい物語をね……。

拓実が読み終わったことに気づいた順が携帯を取り出し、すばやくメールを打つ。

それから両手を伸ばし、拓実のほうに画面を向けて携帯を差し出した。

『私に起こったことをベースに物語を作ってみました。』

「なんか物騒になってるけど……で、これ最後どうなんの？」

順はきょとんとしたあとふるふると首を振り、またメールを送ってきた。

『とりあえずここまでで、ラストの展開はまだ……』

と恥ずかしそうにうつむいている。

その顔を見つめながら、拓実は考えた。彼女の「本当に喋《しゃべ》りたいこと」はなんだろう……。

そこへ、お盆にカルピスのグラスをのせた祖母がニコニコしながら入ってきた。

「こんばんは。これよかったらどうぞ～」

早くも緊張態勢に入った順が、慌てて背筋を伸ばしてぺこんとお辞儀する。

「成瀬さんの娘さんなんですってねえ。あらほんと、目元なんかそっくり。やっぱりいいわね、女の子は」

順は微妙に目線をずらしつつも、一生懸命顔を上げていた。が、祖母が楽しげに話しかけるたび頬の赤みが増し、その顔がだんだん下を向いていく。

拓実は心を決めた。

「ばあちゃん……上の部屋、ちょっと使ってもいいかな？」

「え、ええ。そりゃあもちろん」

祖母の驚いた顔。無理もない。拓実がその部屋に足を踏み入れることは、もう何年もなかったからだ。


汗をかきはじめたグラスをのせたお盆を持って、階段に向かう。

その後ろを、順が物珍しげにキョロキョロしながらついてくる。

古い家屋が珍しいのかと思ったが、たぶん、他人の家じたいが珍しいのだと気づいた。

拓実の足が、無意識に階段の手前で止まった。

「…………」

こみ上げてきた苦いものを無理やり呑み下す。

「わり。足元気をつけてな」

気持ちを切り替えるように順を笑顔で振り返り、階段を上った。

ぎい〜……とドアの蝶番《ちょうつがい》が音を立てる。今度、油を注《さ》さないといけないな。拓実は中に入って、電気をつけた。

「どうぞ」

拓実に続いて、順がおずおずと入ってくる。入ってすぐの壁に貼ってある『オズの魔法使』のミュージカル版ポスターをまじまじと見てから、部屋の中に目を向け、ほわ〜……と放心したように立ち尽くした。

天井まで、部屋の壁一面を占める棚に、ぎっしりとレコードが収納されている。オーディオセットや積み重ねられた楽譜、そして片隅から存在をアピールしているのは、黒いアップライトピアノだ。

「ここ、親父《おやじ》の部屋なんだ。音楽が趣味でさ。それで俺も、やりたくもないのにピアノ習わされて……あ、そのへん座って」

順はうなずいて、遠慮がちにソファに近づいてきた。

拓実は立ったままピアノに手を伸ばし、蓋の上にツツッと指を滑らせた。

——ほこりひとつない。

「……ばあちゃんか……」

小さく微笑《ほほえ》む拓実を不思議そうに見ながら、順がソファに腰を下ろす。

拓実はもう一度、棚のレコードに目をやった。

「ここ、ミュージカルの曲もけっこうあってさ。例の玉子の歌もそうだけど、俺、一から作曲なんてできないから、アリもんの曲にテキトーに歌詞はめてって……んー、たとえば……」

椅子に座り、ピアノの蓋を開ける。

順は思いがけなかったようで、飲もうとしていたカルピスのグラスを手に持ったまま、目を丸くした。

「さっきもらったメールのこの辺を…えーっと……」

スマホを楽譜の代わりに立てかけ、いくつか曲を思い浮かべながら、指をもみほぐしてウォーミングアップ。なにしろ、ほぼ二年半ぶりだ。

それから鍵盤に指を置き、一拍置いて、♪ポン……と音を鳴らした。

♪ポン……ポン、ポン……キーをいくつか叩《たた》いて音を探し当てると、一気にメロディーを弾きはじめる。

次に、口の中で出だしの言葉を呟《つぶや》きつつスタート地点を探り、歌詞を軽快なメロディーにのせた。

♪きんぴかのお城で　夜ごとくりかえす　紳士と淑女つどう　あの舞踏会

ひと区切りついたところで、拓実は「……みたいな？」と軽い感じで順を振り返った。

順はハッと我に返り、ひと口も飲まないままグラスをゆっくりテーブルに戻し——

次の瞬間、ガバッと立ち上がって、ちぎれんばかりに手を叩きはじめた。

それはもう、こっちが恥ずかしくなるくらいの盛大な拍手で。

「お、大げさだな……歌詞はおまえのだ……」

照れていったん外した視線を再び順に戻した拓実は、思わずぷっと噴きだした。

キラキラの目、紅潮した頬、そして百倍速のお猿のシンバル。

こんなにわかりやすい大絶賛を浴びたのは、生まれて初めてだ。

……面白すぎる。

口を押さえて笑いをこらえている拓実に気づき、順の拍手が少しずつ速度を落とし、
けげんそうに鳴りやんだ。

「……悪い。いや成瀬ってさ、歌わなくても、考えてること丸わかりだよな」

「……!!」

そんなことない!!　順が真っ赤な顔でぶんぶん首を振る。

口の代わりに、顔や仕草がめちゃくちゃお喋りだ。

「だから、そういうのがだよ。あはははは」

拓実は、腹を抱えて笑い出した。


……まだ信じられない。

順は、人もまばらなバスの窓にもたれて揺られながら、ぼーっと外を見ていた。

自分がクラスメイトの、それも拓実の家にお邪魔して、な、な、なんと一緒に晩ご飯まで食べたなんて!

何度も何度も首を横に振ったのだけれど、その度おばあさんは「遠慮しないで」とニコニコ笑って、気づいたときには、右手にお箸、左手にご飯茶碗《ちゃわん》を持たされていた。

おじいさんとおばあさんと、そして拓実と……四人で食卓を囲んで食べた肉じゃがは、ほっくり素朴な味がして、びっくりするほどおいしかった。

そんな順を見て、おばあさんがまたニコニコするので、順は、おじいさんが庭で育てたというプチトマトみたいに顔が赤くなってしまった。

ひと言も発しない順を誰も気にしない。おばあさんがひっきりなしにお喋りしてくれたので、居たたまれない思いもせずに済んだ。

もっとも、おじいさんと拓実も、もっぱら相づち係だったけれども……。

ご馳走《ちそう》になったお礼を、地面にめり込むくらい深く頭を下げることで告げてから、おいとましてきた。

「……なあ、本当に迎えにきてもらわなくてよかったのか？」

国道沿いのバス停まで送ってきてくれた拓実が、柵に寄りかかって言った。

とたんに口元に浮かんでいた笑みが消え、歩道のガードレール側で、順はむっつりうなずいた。

「そっか……」

拓実は、それ以上なにもきかない。

コンビニの前でたむろしている男子高校生たちが、ギャハハ……と下品な笑い声をあげる。

「……明日、ちゃんと仁藤にも相談しなきゃな」

拓実が、走ってきた車のライトに目をすがめながら言った。

……なんのこと？　と拓実を見る。

「ふれ交で、ミュージカルやりたいって」

順は意味がわからず、からだごと拓実のほうを向いた。

「だから話、ちゃんと最後まで書いてな」

それでもピンとこず、ぼうっとしたまま、あいまいにうなずく。すると、拓実が少し苦笑を浮かべてつけ加えた。

「成瀬のホントに喋りたいことっての、ちゃんと話にしなよ」

「！……」

拓実の言葉が、乾いた砂に水が滲《し》み込むように伝わってきた。

グッとこみ上げて、あごを引く。滲み込んできた水脈が、そのまま涙腺につながったみたい……。

そのとき、最終のバスがくるのが見えた。

「んじ、ゃ、明日の放課後な」

片手を軽く上げて、拓実は帰っていった。

ゴト……ゴト……ゴト。

バスの走行音が、次第に拓実の弾いてくれたピアノの曲に変わっていく。ピアノの音は拓実の歌声になり、笑い声になり、拓実の笑顔が浮かんだところで、心臓が破裂しそうになった。

順は片手を胸に当てて、からだじゅうに響き渡っているどきどきを鎮めようと目を閉じた。

夜道を家に向かっていた拓実は、ふと立ち止まった。

ポケットに入れていた手を出して、自分の両手をじっと見つめる。

「…………」

手で手を柔らかく包み込み、ゆっくりと口につけて、拓実はそっとまぶたを閉じた。

＊

「え、これから?」

部活に行こうと教室を出たところを、菜月は拓実に呼び止められた。

「あ、もちろん部活終わってからでいいんだけど」

「まあ今日、体育館使えないから、早めに終わると思うけど……」

拓実の陰に隠れるようにして、順が両手を固く握りしめている。

「じゃあ俺ら、ファミレスで待ってるから」

拓実が、ホッとした様子で順のほうを見た。

つられて目をやると、順はなにか言いたげにもじもじしていたが、菜月のほうをそろりとうかがい、びっくりしたように慌てて頭を下げた。

「…………」

菜月はふっと目を細めた。……もしかしたら成瀬さん、自分もちゃんとお願いしなきゃって、そう思ってたのかな。

「んじゃ、遅くなるようならメールして」

拓実が言った。

「え？」

「んじゃ」

「あ、うん」

思わず返事してしまった。

拓実が背を向けて歩いていく。順はもう一度、菜月にぴょこんとお辞儀をして、小走りで拓実についていった。

菜月はふたりを見送ると、しばらくして部室に向かった。歩き方につい、力が入る。

「……メアド、知らないんだってば……」

二年前、自分のメアドを添えた謝罪の手紙を、渡せないまま破り捨てたことを思い出す。

苦い顔でずんずん歩いていた菜月は、急に足を止めた。

大樹だ。カバンを持っているから、帰るところらしい。

チラッと菜月を見て、そのまま無視して行こうとする。きのうはヘンにからんできたくせに。

「今日も、駅で暇つぶし？」

「……嫌味な女だな」

渋面で菜月をにらむ。ふん、そんな顔したってちっとも恐《こわ》くない。

「だったらさ……」

菜月は言った。

リュックを背負った順はどこか疲れた様子で、ぼんやり拓実の後ろをついてくる。

「緊張したか？」

階段を下りる途中で、拓実は順を振り返った。

「！」

一拍置いて、順がこくん、とうなずく。

「うーん……」

困ったな。ちゃんと自分の気持ちが伝わるかどうか、不安なんだ。

拓実は少し考えてから、ふと思いついた。

そうだ、あれを聴かせてやったら、少しは自信がつくんじゃないか。

「ファミレス行くまえに、ちょっと寄りたいとこあるんだけど」

「……？」

けげんな顔の順を促すように、拓実はきびすを返した。


「う、うわあ……」

部室の中から、上ずった岩木の声が聞こえてきた。

「なんだよおまえ、三次には興味ないんだろ」

「せ、声優さんは二・五次元！」

察するところ、相沢とふたりで雑誌のグラビアページを見ているらしい。

「ここなんだけど……」

拓実は構わずドアを開けた。

リュックの肩ベルトをつかんだまま､順は興味津々で、ほー……と中を見回している。

「どぅわっ!!!」

順を見て一瞬固まっていたふたりが、同時にすっとんきょうな声をあげた。

続いて、ドンガラガッチャン！

「……なにやってんの？」

初めて部室に女子がきたからって、いくらなんでもその反応はないだろ。

♪ワタシハ　ヤレルヨ　ファンハアルケド　キットデキル……

「…………!!」

順は椅子に座り、相沢のパソコンを前のめりになってのぞき込んでいる。

拓実はふっと笑った。順の後ろに立っているのに、順がしきりに感心しているのが手に取るようにわかる。

ミントの歌は、拓実がまえに聴いたときよりも音数が増え、バージョンアップしていた。

「ったく女子連れてくるんなら、ちゃんとまえもって言えよなぁ」

さっきまで見ていた青年漫画雑誌を机の中に押し込みながら、相沢がぶつぶつ文句を言う。

「なんだよそれ……」

女子の目には触れさせたくないものを部室から一掃したって、おまえがいたら同じだろ。だが、武士の情けで言わずにおく。

岩木は岩木で、実体を持つ女子に免疫皆無。まともに順の顔すら見ることができないで、おずおずと言う。

「ご、ごめんね成瀬さん、勝手にこんなことして……」

「……！」

ううん！　順がぶんぶん、首を横に振る。

「え？」

「大丈夫……ってこと？」

相沢がきいた。

「！」

うれしそうにふたりにうなずく順。

「よかったー……」

岩木がホッとして笑う。

そんな様子を見て、拓実はひそかに安堵《あんど》した。正解だったな、連れてきて。

「……あのさ、おまえら、俺がふれ交で本気でミュージカルやるって言ったら、どうする？」

いきなり切り出した拓実を、順がうろたえ気味に振り返る。

――大丈夫、こいつらなら。

「え、めんどくさい」

「ふつうにやだな」

想定外の即答がきた。

「えっ⁉」

「⁉」

拓実以上に順も動揺している。

ここは、拓ちゃんのためなら、とか、喜んで、とかそういう流れだろ。

焦る拓実を見て、相沢がふっと表情をゆるめた。

「まあでも、拓が本気ってんならつきあうよ」

「成瀬さんの歌、もうちょっと聴いてみたいしね」

ちょっと照れくさそうに頬杖《ほおづえ》をついている岩木に、相沢がさっそく茶々を入れる。

「お？　なに、告白？」

「ばっ⁉　なわけないでしょ、僕のハーレムはすでにいっぱいで三次の介入する隙なんてないんだよ⁉」

「わかったわかった、てかなに言ってんの？」

「……ったく」

最初からそう言えよ——心の中で毒づいていると、順が拓実を見上げてきた。感動が顔から溢《あふ》れそうになっている。

ほらな、ちゃんと伝わるだろ——というように、拓実は微笑んだ。

ディナータイムにはまだ早いこの時間、ファミレスのテーブルは数卓しか埋まっていなかった。

拓実と順は禁煙コーナーの隅っこの四人席に陣取り、ドリンクバーを頼んで、先に打ち合わせを始めることにした。

「このまえので一曲。時間も限られてるから、歌は多くても六曲くらいかな」

順は真剣な顔つきで、うんうんとうなずいている。

「あとは……」

言いかけて、拓実は近づいてくる人影に気づいた。

「ごめーん、お待たせ！」

菜月が髪を耳にかけながら、こっちに歩いてくる。

「え⁉　あ、うん？」

ぎょっとして声が裏返った。なぜなら、菜月の後ろに予期せぬ人物――仏頂面の大樹が立っていたからだ。

あ然としている拓実と順に気づいて、菜月はにっこりした。

「ああ、ヒマそうだったから。田崎くんだって、いちおう委員だし」

めったにない辛口で言うと、さっさと順の隣りに座った。

大樹がふてくされたように、拓実の隣りにドサッと座る。

「それで、話って？」

菜月にきかれて、拓実は本来の目的を思い出した。

「あ、ああ、じつは……」

自分のカバンからA４のコピー用紙を取り出し、菜月と大樹に配る。

スマホに送られてきた順のメールをパソコンに転送し、プリントアウトしたものだ。

とりあえず読んでみてと言うと、ふたりはいぶかしげながらも目を通しはじめた。

順は緊張の面持ちで、じっとうつむいている。

「……えっと、これって」

ざっと読んでから、菜月が言った。

大樹はコーラをストローで飲みつつ、まだ紙に目を落としている。

「成瀬が書いた物語」

「成瀬さんが？」

へえっと感嘆して、菜月が左隣りの順を見た。

「話ってのは、それを今度のふれ交で『ミュージカル』としてやりたいってことなんだけど……」

自然と声に熱がこもった。

テーブルの下で、膝の上に置かれた順のこぶしにも力が入る。

「ああ。やるのってオリジナルなんだ」

ふたりの緊張をよそに、菜月はあっさり言った。反対どころか、すでに決定事項だったかのような口ぶり。完全に肩透かしだ。

「でもこのお話って……」

「ああ、まだ、ラストまでは決まってなくて……でも、いいのか?」

拓実は戸惑いつつ、逆にきいた。

「え?」

「いや、ミュージカルやるってこと……」

「それは、だって、昨日の成瀬さん見たら」

教室での一幕のことだ。たちまち順の顔が赤らんだ。

「……そっか……んじゃ、田崎は……」

拓実は恐る恐るたずねた。コーラを飲み干した大樹は、丈夫そうな歯でガリガリ氷を嚙《か》み砕いている。

そして氷を食べ終えてから、拓実を無視して、はす向かいの順に声をかけた。

「……成瀬」

順がビクンとして、おどおどした上目遣いで大樹を見る。

「その……なんだ。き、きのう」

心なしか大樹まで気弱な感じで、口ごもっている。

そのとき、ピンポーンと明るい入店の音がして、大きなスポーツバッグを抱えた男子高生の集団がガヤガヤと入ってきた。

「やっぱ田崎さんいねーとサボんのラクな！」

「なー」

大樹が弾《はじ》かれたように入り口を見る。

「え？　あれって……」

菜月も見覚えのある顔がいたらしい。

拓実にもわかった。このまえ裏庭にいた、野球部員たちだ。山路とかいう一年生エースもいる。

「いらっしゃいませ。四名様ですか？」

メニューを脇に抱えた店員がにこやかに迎える。

彼らはこちらに気づく様子もなく、拓実たちと少し離れたテーブルに案内されていった。

「あ、ドリンクバー人数分で！」

「はい、それではカップはあちらにご用意してますので……」

「あーはい、了解っス！　あ、いちおうメニューひとつもらえます？」

店員が去ると、後輩部員たちの話題は再び大樹に戻った。

「いや、マジでさあ、このままずっと来んなっての」

無神経にでかい声が響く。拓実はギョッとした。おい、ここグラウンドじゃねえんだぞ……。

隣りの大樹から、ピリピリした空気が伝わってくる。恐ろしくて、こっそり顔をうかがう勇気もない。

「二年もみんなダレてっし、マジ意味ねーよ。なー、山路」

「……あー」

つまらなそうにスマホを見ている山路が、生返事する。

「三嶋さんもビッとしねーし、こんなんでうちのチームどうなんの？　ったくよー」

──さすが動きが俊敏だ。拓実は妙な感心をしながら、止める間もなく後輩たちのテーブルに向かった大樹の背中を、なすすべもなく見つめた。

「なあなあ、ポテトいっちゃう？　ポテ……ふぅおっ⁉」

大樹に気づいた部員の手から、メニューがポロリと落ちる。

「ん？　なに……？」

背を向けて座っていた部員が、けげんそうに後ろを振り返った。

「……はあっ⁉」

大樹が、高い位置から静かに四人をねめつけている。

「たっ、たた田崎先輩……！」

「……おい……なにやってんだ……？　おまえら」

「さーせんしたっ！」

後輩部員たちはおしりに火がついたように立ち上がり、次々頭を下げた。それが、よけいに大樹の怒りを買ったらしい。

「なに勝手に頭下げてんだ。俺に頭下げてもなんにもならねーだろ。三嶋がどんだけ苦労してるかもしらねーで。てめぇらいったいなにやってんだ⁉」

バンッ！　ひとりだけ座ったままだった山路が、握りしめていたスマホをテーブルに叩きつけるように置いた。

「そりゃこっちのセリフっスよ」

「山路！　やめろ！」

仲間が小声でたしなめたが、山路は構わず続けた。

「先輩こそなにやってんスか」

「ああ？」

大樹が凄《すご》むと、ほかの部員たちが慌ててまた頭を下げる。

「部に顔も出さねーで女連れて……」

自分たちのことだと気づいた菜月が、あせって立ち上がった。

「ちがっ……ちがうよ、私たちは学校の、その、ふれ交の打ち合わせで……」

「はあ？　ふれ交？」

菜月の声に振り向いた山路が、バカにした口調でさえぎった。

「なにが言いてえんだ、山路」

大樹の抑えた声。

受けて立つと言わんばかりに、山路はゆらりと椅子から立ち上がった。

「新チーム始まってまだ体制も固まってねえこの時期に、ほんっとヨユーっすね」

「……！」

「なにが『今のエースはおまえだ』だよ……」

ひとり言のように呟くと、山路は顔をゆがめて大樹に向き直り、感情を爆発させるように叫んだ。

「いっつもいっつもエラそうなことばっか言いやがって!!」

大樹が気圧《けお》されたように後ずさる。

「目障りなんだよっ、どうせなら、俺の前からすっきり消えてくれりゃあいいのによっ!!」

残りの部員たちは息を呑《の》み、大樹も声を失ったように立ち尽くしている。

いくらなんでも言い過ぎだ。見かねて拓実が腰を浮かせかけたとき、予想外のことが起きた。

拓実より一瞬早く、順が椅子を蹴るようにして立ち上がったのだ。

「い、いいかげんに……」

順は震えながら両のこぶしを握りしめ、

「いいかげんにしろッ!!」

全身全霊で叫んだ。

「……消えろとか、そんな簡単に言うなっ！」

「……はぁ？」

山路は、なんだこいつ？という顔。

拓実は絶句して目を見張った。菜月もびっくりして別人のような順を見上げている。

「こ、言葉は、傷つけるんだからっ！　……絶対に……もう取り戻せないんだからっ！」

順の怒りが、拓実はすっと腑《ふ》に落ちた。去っていった父親、暗い顔の母親、玉子の呪い——順の胸には、いろんな思いが去来しているのだろう。

「後悔したって、もう絶対に、取り戻せないんだからっ……!!」

心の底からの絶叫だった。拓実だって、そんなに声を張り上げたことはない。

「……成瀬、いいのか？」

気持ちが高ぶって、もはや忘れているにちがいない。心配になった拓実は、遠慮がちに声をかけた。

「なにがっ⁉」

頬を上気させた順が、そのままの勢いで振り返る。

「なにがって……その……『玉子の呪い』とかいうの……」

「…………………………」

いまの状況を咀嚼《そしゃく》するように、順は二度三度、ゆっくり瞬《まばた》きすると——。

ぶわぁっ。脂汗が一気に吹き出し、その場にガクッとくずおれた。

「ちょっ！　成瀬さん大丈夫⁉」

菜月が驚いてそばにしゃがみ込む。

失敗した。言わなきゃ気づかなかったかも。

「え⁉　大丈夫スか？」

「な、なんだ？」

向こうのテーブルでも、後輩部員たちが異変に気づいて慌てはじめた。

「お、おい！　医者、いや救急車！」

大樹が山路に怒鳴る。

「え⁉　はい？　どうすんだっけ⁉」

「で、電話！　ケータイ‼」

「１１４だっけ？　１１６？」

「いーから急げ！」

皆、動転してしっちゃかめっちゃかだ。

「おい、しっかりしろ成瀬！」

「成瀬さん！」

拓実と菜月の声も耳に入らない様子で、順はうなりながらお腹《なか》を抱え込んでいる。

そこへ、店員が飛んできた。

「成瀬⁉」

「お、お客様。ほかのお客様にご迷惑が」

「いや、それどころじゃねーんですよ！」

大樹が店内に轟《とどろ》くような大音量で怒鳴り返した。

＊

夜間診療に入った病院の待合室は、時おり夜勤の看護師が通りかかるだけで、ほかに患者の姿もなくがらんとしている。

ほどなく病院の外で、荒っぽく車を停《と》める音がした。

自動ドアが開き、息を切らして駆け込んできたのは――順の母親だ。

非常出口近くの長椅子に座っていた拓実と大樹には目もくれず、泉はカバンとスーツの上着を脇に抱えて、ふたりの前を足早に通り過ぎていく。

「順！」

菜月に付添われ、待合室の長椅子に力なく座っていた順は、あ……と顔を上げた。

「……病院から電話がかかってきて、慌てて来てみれば……」

非難めいた口調の母親から、順が逃げるように視線をそらす。

「なに？　腹痛って……また、呪いとかなんとかってやつなの……？」

泉は目の下に疲労を滲《にじ》ませ、うんざりしたように額を押さえた。

順は深くうつむいて、息をするのさえ止めてしまったみたいだ。

「あ、あの……」

心配そうに順をのぞき込んでいた菜月が、とりなそうと口を開きかけたとき――。

「最悪……」

泉がボソッと言った。

電気を流されたカエルみたいに、順の組んだ手がビクッと痙攣《けいれん》する。

「あ！　成瀬さんの保護者の方ですか？　こちらに記入お願いしたいんですけど
……」

話し声が聞こえたらしく、受付から看護師が顔を出した。

「あ、すみません、すぐに……」

泉が急ぎ足で受付のほうへ行くのを、拓実と大樹は、複雑な表情で見送っていた。

順は母親と一緒に、まだ待合室の長椅子で看護師の話を聞いている。

なんとなく三人で出口近くに固まって立っていたが、菜月がふとスマホの時計を見て、少し慌てた顔になった。

「あ、やば、私そろそろ行かないと……」

「ああ」

うっかりしていた。拓実は徒歩だが、ふたりは電車通学だ。大樹はともかく、菜月は帰るのが遅くなってしまう。

「んじゃ成瀬にひと言……」

「あのよ」

大樹が、ふいに口を開いた。

「悪かったな、いろいろ……」

いつもの高飛車な態度はなりを潜め、坊主頭がうなだれている。

「別に田崎くんのせいじゃ……」

戸惑ったように菜月が言った。

「いや、俺は……」

大樹がなにか言おうとしたとき、金切り声が飛んできた。

「なんでなの⁉」

泉が、座っている娘の前に立って、顔を引きつらせている。

「そんなに、私が憎いの⁉　ずっと黙って、近所の人に噂《うわさ》されて……。順は、なにがしたいの？　私への嫌がらせ⁉」

順は心細げに母親を見上げ、どうしていいかわからないみたいに、ただ小さく頭を横に振っている。

「なにか言ってよ……反抗するならしてよ。わかんないの、もう！」

泉は額を押さえ、苦しげに言い放った。

「………」

順の目じりに、じわっと涙がたまる。流れ落ちそうになる寸前、順は急いで下を向いて、ぎゅっと目を閉じた。

「もう疲れた！　仕事も、順のことも、ぜんぶ！　疲れちゃった……‼」

溜《た》まりに溜まったものがいっぺんに噴き出した、そんな感じだ。

そんな石つぶてのような母親の言葉は、順の心にいくつ傷を作っただろう。

「……ちょっ⁉」

菜月の声が聞こえたときはもう、拓実は足を踏み出していた。

ゆっくりと、泉のほうへ歩いていく。

「え？」

まさか、という顔。いま初めて、拓実のことを認識したらしい。

「あなた……坂上さんの……？」

深く頭を垂れていた順が、おずおずと顔を上げた。

「あの……成瀬……順さんは、明るいやつです」

「……え？」

「お喋り……じゃあないけど、なんつうか、その、心ン中ではいっぱい喋ってるっつうか」

泉にわかってもらおうと、一生懸命、言葉を探した。

拓実も最初は、ヘンな奴だと思った。読めない奴だと。

でもそれは、ちゃんと知ろうとしなかったから……。

「今日、具合が悪くなったのも俺たちの……友達のために無茶してくれたからで、その……なんつうか……！　なんつうかばっかですけど……」

もどかしくて、首筋をかく。

「あの……ただ、成瀬は、いつも、ずっと、ちゃんと頑張ってるんです」

泉は、力が抜けたように拓実の言葉を聞いている。

「………」

順の目から、こらえていた涙がぽろぽろこぼれ落ちた。

「なんか、驚いちゃった」

駅に向かって拓実と並んで歩きながら、菜月は言った。

「なにが？」

拓実が首をかしげる。

「ん……なんか、いろいろ」

順のこと、大樹のこと、そして……拓実のこと。とてもひと言では言えない。

夜の路地に人気《ひとけ》はなく、ふたりの足音だけが響く。

車で帰っていく順たち母娘を見送ったあと、大樹はまだ用があるからと、別の方向へ去っていった。

「……なあ、ほんとによかったのか？　ミュージカル」

気にしてくれているのが、拓実らしい。

菜月は、重い雲に覆われている夜空を見上げた。街灯がなければ、暗闇の中で迷子になってしまうかも。

「んー……私も成瀬さんの気持ち、わかる気がしたから」

「え？」

「私にも、言いたいのに言えないこと、あったから」

拓実が問うように立ち止まった。遅れて菜月も足を止める。

「……中学のとき……坂上くんがいちばんたいへんだったときに、私、なんにもしてあげられなくて……」

拓実の口元が、かすかにこわばった気がした。

――両親の離婚。夫婦の言い争いが家の外にまで漏れ聞こえるほど、それは泥沼だったらしい。詳しい事情は知らないけれど、母親のほうが家を出ていき、拓実はずっと祖父母と一緒に暮らしている。

「……彼女だったのに」

中二のバレンタインデー。男の子にチョコをあげたのは初めてだった。

メモ書きの簡単なＯＫの返事を、何度繰り返し見たことか。

「……それなのに……」

どこか拓実の様子が変だと感じながら、明日香に離婚のことを聞くまで、なんにも気づいてあげられなかった。

　そんなときに、ふたりがつきあっていることが、クラスのみんなに知れてしまった。

　クラスメイトたちのニヤニヤ笑い、無責任に向けられる好奇の目。恋愛初心者の菜月は、そんなものに負けてしまったのだ。

『菜月って坂上とつきあってんでしょ？』

　ある日、みんなの前できかれて、菜月は思わず叫んでいた。

『ちがうよ！』

　その瞬間、気づいた。職員室に呼ばれていた拓実が、教室の入り口に――。


「…………」

　カバンを持つ菜月の手に、思わず力が入る。

「さっきの成瀬さんの『言葉は傷つける』って、ぐさっときた」

　拓実とは、三年でクラスが別れてそれっきりになった。

　菜月の放った言葉は、きっと拓実を傷つけた。そしていまでも、あのときの言葉は、自分に突き刺さったまま……。

　後悔したって、二度と取り戻せない。本当にそのとおりだ。

「そんなの……」

拓実は、自分のスニーカーのつま先あたりに目を落として言った。

「中坊なんてそんなもんだし、俺、つまんないやつで、もともと仁藤とつりあい取れてなかったし」

「そんなことない！」

菜月は弾かれたように拓実を振り向いた。

「坂上くん、どんなときも絶対、弱音吐かなくて、すごく気配りがあって」

あれは中二の合唱祭。委員長だった菜月は、まとまりのないクラスに手を焼いていた。とくに男子はふざけてばっかり。何を言っても聞いてくれず、菜月がほとんど泣きそうになったとき、ピアノ伴奏の拓実がさりげなくフォローしてくれて……あのとき初めて、彼のことを意識したと思う。

「困ってる人のこととかちゃんと気づけて。それに……」

ピアノを弾く拓実は、本当にカッコよかった。

ふと見ると、拓実は顔を赤くして、恥ずかしそうに目を泳がせている。

「……どうも……」

菜月も真っ赤になった。

「……どういたしまして……」

「……いや、でも……うん」

照れくさいのか、拓実が先に歩きだした。

「俺……つまんない自分に納得しちゃってたんだよな。思ってること言うのも、なんか言われて言い返すのも……なんか、疲れるしさ。周りとぶつかるのも面倒だし、どうでもいいやって」

そんな……なんとか励ましたくて、前を行く背中に言葉をかけようとしたとき、拓実が言った。

「でも、成瀬がさ」

「！」

菜月の足が止まる。拓実は気づかずに歩いていく。

「あんなにつらそうなのに、それでもなんとか自分の中の言葉を表に出そうとして頑張ってんの見たら、なんか俺も……って、なに言ってんだろうな」

ほっぺたをポリポリかいて、拓実はごまかすように口調を転じた。

「まあ、応援したくなるっつうか。……って、仁藤？」

ようやく菜月がついてきていないことに気づいて、拓実が振り返った。

――きょとんとした顔。ねぇ、本当の気持ちはどうなの？

「……坂上くんは、成瀬さんのこと……」

「どうした?」

菜月の呟きは、幸いにも聞こえなかったみたいだ。

「………」

菜月は言葉を呑み込んでから、ぱっと明るく顔を上げた。

「私も応援する! 成瀬さんのことも、坂上くんのことも!」

「は? なんで俺」

笑顔を作って、拓実のほうへ元気に歩きだす。

「チアリーダーの血が騒ぐからに決まってるでしょ!」

冗談めかすと、拓実がふっと口元をゆるめた。

「なんだそりゃ」

「はー、お腹へった! 早く行こ!」

「そうだな」

「明日から忙しくなるねぇ」

「どうかなぁ……」

立ち止まったまま行き場をなくした思いが、夜空に溶けていった。

泉は、ずっと黙り込んだままだ。赤信号で車が停まる。気まずい空気の中、順も泉も、お互い顔をそむけるように窓の外を見ている。

すると、泉がぽつりと言った。

「友達がいたのね……」

なぜそんなこと……？　順はそっと母親のほうを見た。窓に薄く映り込んでいるその表情は、なにを思っているのかよくわからない。

「……町内会費、ありがとね」

「……！」

順はゆっくりからだを起こした。

じわっと目の奥が熱くなる。口をぎゅっと締めて涙をこらえ、順は小さくうなずいた。手の中の携帯を、しっかりと握りしめて。

信号が青に変わり、車はまた走りだした。

――成瀬は、いつも、ずっと、ちゃんと頑張ってるんです――

拓実の声が胸にこだまして、玉子にビシッとヒビが入った。

順の心の中で、物語の続きが綴《つづ》られる。

王子様は、悲しい言葉でその身を満たした少女に、砂漠に沁《し》みていく水のような、とても尊い幸せな言葉をあげたのです——。

*

昨夜遅くから、激しい雨が降り続いている。

三嶋は、部室の戸口から重そうな空を見上げた。まだまだ雨はやみそうにない。

「ったく、朝練サボりまくってた奴が、たまーに来たらこれだよ」

「……さーせん」

山路がぶっきらぼうに返事する。

三嶋は振り返って苦笑した。三度のメシより野球の好きな野球バカが、サボりたくてサボったわけじゃないのはわかっている。

そして山路が、どんなに大樹に憧れていたかということも……。

「……もうみんな体育館行ってっから急げよ」

「うス」

自分も行こうとして、傘をさして立っている大樹の姿に気づいた。

「あれ？　大ちゃん？　あ！　練習なら体育館……」

三嶋の言葉を最後まで聞かず、大樹は持っていた傘を投げ捨てるや、ガバッと頭を下げた。

「いままで悪かった！」

「……は？　なに……」

「試合も！　ケガも全部俺が！」

三嶋は面食らった。後ろで山路も絶句している。

「待ってよ大ちゃん！　そんなの大ちゃんだけのせいじゃ」

「わかってる‼　けどよ、こうしねえと始まらねえんだ！」

大樹は雨に濡《ぬ》れ、頭を下げたまま続けた。

「俺、頭悪《わり》ィのによ、全部ひとりで背負ってる気になって、えらそうなこと言って、そんでチームのためとか言って……けど本当は、三嶋にも山路にも、ほかのやつらにも、おっかぶせるだけおっかぶせてた！」

「そんなの……キャプテンの俺がしっかりしてねぇから」

自分を責めるように目をそむける三嶋に、大樹は間髪入れず言った。

「ちがうんだ！　そういうことじゃなくってよ。……このままじゃ俺、全部中途半端なんだよ」

けっきょく謝り損ねたなと思いながら拓実たちと別れ、大樹はファストフード店で順の物語を読んだ——あの、苦しくて、あまりに悲しい物語を。

ガンと一発、バットで頭を殴られた気がして、大樹はしばらく身動きできなかった。

ずいぶん怖い顔をしていたのだろう、ガラスの向こうを歩いていた頭も尻も軽そうな女子高生二人組が、大樹をヘンな目で見ながら去っていった。

「……みんないろんなこと歯食いしばって耐えてんのに、俺だけ謝って楽になろうなんて虫がよすぎるってのはわかってる。けどよ、ここで一度仕切り直させてくれねぇか……！」

これが、今の大樹が口にできる精いっぱいの答えだ。

つかのま静かになったあと、山路が三嶋の前を通り、頭を下げている大樹の前に立った。

「……仕切り直してどうすんスか」

大樹は顔を上げ、正面から山路を見つめた。

「ケガ治して、もう一度おまえらと甲子園を目指す」

「………」

山路は、ぐっと帽子を下げた。

「……俺、練習行きます」

そして、そのまま駆けだしていく。

「山……！」

三嶋は声をかけようとして、思い直した。山路の口元がうれしそうにゆるんでいたのが、チラッと見えたからだ。

やれやれと首をかく。

「――で、これからどうすんの？」

清々《すがすが》しい気分で、三嶋は大樹にきいた。

「とりあえず目の前のこと一個ずつ片づけてくわ」

「そっか」

空を見上げると、雨はようやく小降りになっていた。

「いやー、俺はうれしいよ……」

城嶋は腕を組み、窓の外を見上げてしみじみと言った。

「……おまえたちが、そこまでミュージカルやりたいってんなら……　俺！　全力でバックアップするから!!」

くるっと振り返り、芝居じみた仕草で、音楽準備室にやってきた三人を指さす。

「はあ……」

もはや不可解そうな菜月。

「………」

どうも、というふうにペコンと頭を下げる順。

「自分で言いだしたくせに……」

拓実はあきれてツッコむ気も起きない。

「これであとは田崎がくれば全員集合。怖いもんなしだな！」

言いながら窓辺を離れ、椅子に座ってゆったり足を組む。

「……それは、さすがに難しいんじゃないですかね」

拓実は苦笑した。

「なに言ってんの。古今東西ミュージカルってのは、たいてい奇跡が起きるもんなんだよ？」

「そんなわけ……」

鼻で笑い飛ばそうとしたとき、ガラッと扉が開いた。

「失礼します」

野球部のジャンパーをはおった大樹が、戸口で軽く頭を下げた。なぜかズボンも体育のジャージで、しかも裸足《はだし》だ。

大樹はつかつか部屋に入ってきて、呆気《あっけ》にとられている拓実の前を通り過ぎ、驚いて顔を見合わせている菜月と順の前でピタッと立ち止まった。

大樹が、まっすぐに順を見下ろす。順は思わずからだを引いた。

「ちょっと、なに？」

怯えている順をかばうように、菜月が眉をしかめる。

すると皆の予想を裏切って、大樹はいきなり頭を下げた。

「成瀬……このまえはヒデーこと言って悪かった！」

「え？」

「は？」

菜月と拓実が同時に声をあげる。

「そんで、よければ、おまえらのやろうとしてるやつ、俺にも手伝わせてくれ」

「……！」

「だめか……？」

頭を下げたまま、顔だけ上げる。その表情は真剣そのものだ。

「た、田崎くん……？」

「……!!」

順は急いでスカートのポケットから携帯を出し、メッセージを打って、大樹に差し出した。

『もちろんです！　ありがとうございます！』

「お、おうこっちこそ……よろしく……」

目をうるうるさせて見つめられ、大樹は照れくさそうだ。

「え？　なにこれ……」

菜月同様、拓実もこの状況に頭がついていかない。そんなふたりに、「な？」と城嶋がわかりやすいドヤ顔で胸をそらせた。

「起きたじゃん、奇跡！」

そうと決まったら即行動、が俺のモットーだ。

と言う大樹に城嶋が反対するわけもなく、その日の音楽の時間を急きょ、ホームルームに当ててもらえることになった。

「全員、プリント渡ったか？」

大樹は誰の了解も得ずにさっさと教壇に立ち、はりきって仕切りだした。拓実たち三人は正直、少々複雑な心境である。

「ってわけで、今度のふれ交で、いま配ったプリントのミュージカルをやります」

「はぁ？」

「え～？」

「なにそれ」

教室のあちこちから不満があがった。それはそうだろう、なんの前置きも説明もないのだ。

「なんでいきなり!!」

錦織委員長など、思いっきり顔をしかめている。

と、眼鏡女子の石川朱美《いしかわあけみ》が手を挙げた。

「ちょっと勝手すぎませんか？」

まずいな、これ……岩木と相沢が顔を見合わせる。

「てか、このまえはあんたがいちばん反対してたじゃん！」

「だよねー」

気の強い栃倉千穂《とちくらちほ》、つまらなそうにプリントを眺めていた小田桐芭那。女子力の高いふたりは、彼氏持ちの帰宅部組だ。

三嶋は腕組みをして、お手並み拝見という顔。その前の席の明日香は、ちょっと心配そうにしている。

「そうだよ」

大樹は一瞬のためらいもなく、正面を向いて言った。

「俺は成瀬にひでぇ難癖つけてミュージカルなんてできっこねぇって反対した。けど、成瀬はできるって証明しただろ？　だからやるんだよ」

城嶋は窓辺の定位置で、満足そうに聞いている。

「でも、それって田崎だけの問題じゃん？」

「うちら巻き込まないでほしいよね〜」

三上聖名子《みかみみなこ》と岡田愛美《おかだまなみ》が口々に文句を言う。

「あ……？」

「ちょっと……！」

額に青筋を立てた大樹を、菜月が慌ててたしなめた。

「だいたい、なんでいちばんめんどくさそうなミュージカル？」

とはチャラ男の岩田《いわた》晋一《しんいち》。

「それにこれってオリジナルでやるってことだよね？」

放送部員の賀部《かべ》成美《なるみ》は、少し興味をそそられているらしい。

「ふれ交まであと一ヵ月ちょいしかないだろ？」

「ふれ交なんて、どうせ近所の人がちょっとくる程度だし」

「そうだよ。だからもっと簡単なのをさぁ……」

しかし、クラスの大半は不満気だ。

菜月も順も、なりゆきを不安そうに見守っている。

「確かに、俺も最初は正直どうでもいいと思ってた」

拓実は、慎重に言葉を探しながら口を切った。

「……けど、ひとりでも本気のやつがいるんなら、そいつに乗っかって、必死こいてやってみるのも面白いんじゃないかって思ったんだ」

そんな拓実に、菜月も続いた。

「私も……その、時間もないし、大変かもしれないけど、実行委員として精いっぱいやるから、だから」

その必死の訴えをさえぎるように「いいじゃん！」と元気な声があがった。プリントを楽しそうに読んでいた陽子だ。

「やっぱどうせやるなら、派手なほうがいいし！　それにこれ、なんか面白そうだし！」

心からそう思っているので、菜月を助けようとか、そんなつもりはまったくない。ムードメーカーの面目躍如というところ。

「私も！」

明日香もヤル気まんまんの体《てい》で手を挙げる。

「ミュージカルなら、ダンスとかもあるよね。振り付けとかやってみたかったんだ！」

こちらは、親友のためにひと肌脱ぐ気になったらしい。

「江田っち……」

ふれ交委員一同、思わぬ展開に呆然《ぼうぜん》となった。

「拓！　曲は俺たちがやっていいんだよな？」

「ＤＴＭ研の晴れ舞台だね！」

楽しげな相沢、そして得意げな岩木。ふたりともナイスアシストだ。

「音楽周りは、もちろん俺のほうもサポートするぞ。予算もそこそこ出てるしな」

城嶋が口を挟んだ。

「それって美術とかも凝ったことができるってこと？」

「衣装とかも？」

美術部の清水亮《しみずりよう》と被服部の渡辺美沙《わたなべみさ》が身を乗り出した。

「ま、まあそこそこだけどなー」

慌てて念を押す。

「まあどうせなにかやらなきゃだしね」

「歌と踊りかー」

「裏方とかでもいいんだよね？」

徐々に形勢が逆転してきた。

うれしくなって、拓実は菜月たちのほうを見た。順はまだ戸惑っているみたいだが、

菜月の表情は明るい。

「でも、俺、塾あるな……」

「あ！　私もバイト……」

新たに出てきた斎藤《さいとう》五郎《ごろう》と高村《たかむら》佳織《かおり》の問題は、三嶋がサクッと解決した。

「いいんじゃね。俺も部活あるし、あんま手伝えねえと思うけど、それぞれやれる範囲で頑張れば！　な⁉　実行委員」

「お？　おう、もちろん！」

ぼけっとしていた大樹が、親友のフォローに気づいて大きく返事する。

菜月がすかさず補足した。

「あの、もちろんみんなの意見を聞いて、それぞれ分担を決めたいと思います」

「まあそれなら……」

「うん」

「ま、ほかにやりたいことあるわけじゃないしね」

みんな納得してくれたようだ。

「ねえ、配役は？　これ主役だけ、すげー大変そうだけど……」

プリントに目を通していた三上聖名子が言いだした。

「あ、それもこれから……」

「え？　主役って成瀬じゃねえの？」

大樹が不思議そうに順を見た。

「⁉」

順が全力で首を横に振る。

「え？　やらねえの⁉」

最初からそのつもりだった拓実は、驚いて順のほうに身を乗り出した。

「！……」

順は、おずおずと教室のほうに視線を移した。

左右のふれ交委員たち同様、皆、興味津々という感じで順に注目している。

「！」

順は二十六人分の視線に押されて後ずさりそうになったが、思い止《とど》まったようにぐっと足を踏んばり、カッと目を見開くというソロパフォーマンスを見せたあと、勢いよく手を挙げた。

顔を真っ赤にして、ピンと伸ばした手が少し震えている。いっぱいいっぱい、そして精いっぱいの自己主張だ。

「おー……」

少し間を置いて、クラスじゅうから拍手が湧き上がった。

拓実たちは笑顔を見合わせたあと、教室に向き直った。

「じゃ、決まりだな！」

大樹が締める。

城嶋は、微笑んで窓の外に目をやった。

いつの間にか雨は上がり、雲の切れ間から青空が見える。

グラウンドの水たまりが、笑っているようにキラキラ揺れていた。

＊

その日の放課後から、さっそく準備と練習が始まった。

まずは、照明、衣装、舞台装置、音楽、振り付け、ポスター、メイクなどの担当決め。

順の作った歌詞に、相沢と岩木が、城嶋に教えを乞いつつ曲をアレンジしてつけていく。

音楽が出来上がると、音楽教室に第一幕の登場人物たちが集められた。

みんなの手に歌詞カードが渡ると、順は小さく息を吸い込み、歌いだした。

机と椅子を後ろに片づけた教室では、明日香と陽子が振り付けを披露中で、菜月は丸めたシナリオを手に監督役だ。

スカートをはね上げて足を上げるポーズを決めると、見学していたクラスメイト──おもに男子から拍手が上がった。

下にジャージをはいているとはいえ、ちょっとやりすぎ。菜月がふたりの頭をポンポンとシナリオで叩く。

体育館裏では、美術部員の清水が中心となって、大道具係が資材を運んでいる。

小道具係は手芸部の北村たちで、教室の隅でせっせと王冠や花作り。

栃倉・小田桐組はもちろんメイク係で、学校ご禁制の化粧道具を女子トイレの洗面台いっぱいに広げ、研究を重ねていた──が、栃倉が面白メイクで小田桐を笑わせるので、いっこうに進まない。

日頃から仲のいい新聞部の石川と写真部の田中コンビは、顔を突き合わせてポスターを検討中。恋に発展するかもしれない。

衣装係のリーダーは被服部の渡辺で、黒板にいくつも衣装案を描き、みんなの意見を聞いている。

グラウンドには、照明担当の三嶋と斎藤に、拓実と大樹が説明にきていた。

三嶋は運動部、斎藤は塾までの時間しか余裕がなく、ふたりまとめて打ち合わせをするのは至難の業だ。

三嶋は途中で呼ばれて、悪ぃ、と手を上げて走っていった。

それでも、二年二組のそれぞれがそれぞれに——スタートを切った。

＊

なんという運命のいたずらでしょう。

少女は言葉を失った代わりに、素敵な王子様に出会いました。

優しい王子様は、喋れない少女をバカにしたり、見下したりしません。それどころか、親切にかばってくれます。時には、得意のピアノを弾いてくれます。

少女の中に、王子様への愛が芽生え、愛の言葉がどんどん生まれてきました。

しかし、それを声にすることはできないのです。

そんなある日、王子様が暗殺されそうになる事件が起きました。

再び玉子の策略により、なんと少女はその犯人にされてしまったのです。

少女に裏切られたと思い込んだ王子様は、ひどくショックを受けたようでした。

ちがいます、私ではありません——どんなに心で叫んでも、声が出ない少女は、誤解をとくことができません。

少女は、いままで自分が傷つけてきた人々に捕まり、首を刎《は》ねられることになりました。

牢《ろう》につながれた少女の頰に、涙が伝います。けれど、皆がその涙の意味を知ることは、もう永久にないのです。

王子様も見守るなか、少女は処刑台の露と消えました。

するとようやく、刎ねられた少女の首から、言葉が溢れはじめたのです。

王子様、愛しています、と——……。

順はどきどきしながら、拓実がプリントを読み上げるのを聞いていた。

昼休みの屋上。ふれ交委員の四人はそれぞれ昼食を持って、順の書いた物語の続きを吟味していた。

順が三人を鍵の壊れた屋上に連れてきて以来、すっかりここがふれ交会議の秘密の場所になっている。

フランスパンのサンドイッチに齧《かじ》りついていた大樹が、うーむと考えるように眉を寄せた。

「……なんか、グロいな……」

第一声の感想がそんなで、順はたちまち意気消沈した。

気づいた菜月が、慌ててフォローする。

「で、でも悪くないと思うなこのラスト」

「そうか?」

「少女が死んでから、みんながその真意に気づくんでしょう? 王子の誤解も解けて
……ごんぎつねとかって、そうじゃない。ちゃんと童話っぽいというか」

そんな大したものじゃ……照れくさくなって、順は飲みかけのジュースのストロー
をくわえた。

「まあ、適当なハッピーエンドよかいいか」

菜月の解釈が効いたらしく、大樹はあっさり同意した。

「うん、まあ、ありなんじゃね」

拓実も賛成してくれる。よかった……順はホッとしてジュースを飲んだ。心なしか、
いつもよりおいしい気がする。

「それにしても、王子か……重要な役なんだよな……」

なぜ拓実が憂うつそうなのかわからないまま、順はおずおずとうなずいた。

「これを俺がやるのか……」

拓実がガクッとうなだれる。

え、と順はびっくりした。

誰が見ても、王子役は拓実しかいない。配役が決まったときは、うれしくて手のひらが痛くなるくらい拍手したほどだ。

だって、この物語の王子様は……。

「おまえなんかまだ人間だからマシだろ！　俺なんて玉子だぞ玉子！」

急に大樹が怒鳴ったので、順は膝の上のお弁当箱が宙に浮くほど飛び上がった。

「や！　別に成瀬のせいじゃねえけどよ……」

急いで大樹がつけ加える。

「いいじゃない、かわいいよ、きっと」

笑いを噛み殺している菜月を、大樹がじろりとにらむ。

「おまえはいいよなあ、コーラスと罪人だっけ？」

「しかたないでしょ？　実行委員としてできるだけがんばるって言っちゃったんだから」

「その結果、メイン役が全部、実行委員に押しつけられるとはなあ……」

そこまでは予想外だった、という顔の拓実。

「玉子……玉子なあ……」

サンドイッチのゆで卵をわざわざ取り出して眺め、往生際悪く呟く。そんな大樹に、

「いいかげんあきらめなさい」

菜月がぴしりと言った。

拓実が苦笑して立ち上がる。しかし、大樹は「でもよぉ……」とまだ不満そうだ。

「成瀬はあと、最後の歌詞だけだっけ？」

申し訳なくてうつむいていた順は、拓実の質問の意図がわからず、ちょっと首をかしげつつうなずいた。

「それで言えそうか？　本当に喋りたいことっての」

「！」

そのことを気にしてくれてたんだ……。順は顔を引き締めると、力強くうなずいた。

そっか、と拓実が微笑む。

菜月は少し淋《さび》しそうに目を伏せ、次の瞬間、山からの突風にあおられた。

「きゃ」

「うおっ」

風にプリントを持っていかれそうになった拓実も声をあげる。

「もう風は冷てえなぁ」

と大樹。拓実がうなずく。

「んー。ここでメシ食うのはもうきついかもな」

そのとき、順の脳裏にふとフレーズが浮かんだ。


『失った言葉が、叫びだす……愛していると、叫びだす』


気恥ずかしくなって、順はひとり真っ赤になってうつむいた。

「そういやこれタイトル決まってんのか？」

大樹が言った。

なだらかな山の稜線《りようせん》を見つめつつ、拓実が答える。

「ああ、たしか……『青春の向う脛《ずね》』？」

「だせえっ！　てか中身と全然合ってねぇぞ⁉」

ふれ交まで、あと一ヵ月。

なにはともあれ、ミュージカルは動きはじめたのだ。

4

日曜日、拓実の家の玄関チャイムが鳴った。

「はーい。あらあら、いらっしゃい。たっくん？」

居間のほうから、祖母がニコニコしながら出てきた。

「あ、はい……」

訪問客は、腕を三角巾で吊《つ》り、玄関の鴨居《かもい》に頭をぶつけそうな大きい男の子。つまり、大樹だ。

「入って入って。たっくーん、お友達よー」

「失礼します!!」

「あら〜元気いいわね〜」

拓実が出てくると、祖母と話している大樹は、珍しく緊張気味の顔をしている。いつもはおっさんくさいが、こうして見ると、初めてお呼ばれした小学生みたいだ。

「おう。早いな」

「三時集合ったら、普通は二時五十分に集まるのがふつうだろ?」

「あー……」

やっぱり大樹は大樹、これだから体育会系は。

若干あきれつつ、二階の父親の部屋に案内する。

「あ、そこ開けといて。ここいちおう、防音だから」

ドアを閉めてしまうと、下からの声が聞こえなくなってしまうのだ。

「おお！　すっげぇな……」

部屋の中に入った大樹は、ずらりと並んだレコードや楽譜を前に、思わず感嘆の声をあげた。

拓実も、父親のコレクションが詰まった棚を見上げる。

「数だけはあるから、決まってないラストの曲の参考にでもなれば」

「まあ俺ぁ、音のことはよくわかんねぇから。よろしく頼むわ」

……じゃあ、なにしにきたんだ?　心底問いただしたいが、しょっぱなから険悪になっても困る。

大樹は肩にかけていたリュックを下ろしながら、ソファのほうへ歩いていく。

「それよりほかのやつらは？」

「相沢たちはもうくると思う。仁藤と成瀬は、衣装係に頼まれた買い出ししてからくるってさ」

「……ふーん……」

大樹は気のない返事をしながら拓実を探るように見て、さりげなく言った。

「そういやおまえ、仁藤とつきあってたんだってな」

「そっ⁉ んな……」

不意打ちだったせいで、しどろもどろになってしまった。

「や、そんなのは中学んときの話で、ちょっとだけそんな感じで……」

気まずく目をそらす。

気になっていた女の子からのまさかの告白。顔には出ないほうだけれど、本当は有頂天だった。菜月が隣りにいるだけで、見なれた通学路が、道路の標識さえ輝いて見えたものだ。

つきあったのは、ほんの一ヵ月。そのあいだに一度だけ、デートらしきものをしたことがある。

あれはなぜだったか、学校が少し早く終わって、公園に寄っていかない？　と菜月が言いだしたのだ（単なる寄り道ともいう）。

　雪でも降りそうな寒い日で、公園には誰もいなかった。

「貸し切りだね！」

　菜月が振り返って、子供みたいにはしゃぐ。

　チョコのお礼、にしてはショボいけど、自販機で買ってあげたホットココアを両手で包むようにして、

「あったかい！　おいしいね」

　うれしそうに何度も繰り返す、その赤くなった鼻の頭が可愛《かわい》かった。

「坂上くん。合唱祭のときは、ありがと」

　ふいに菜月が言った。

「ずっとお礼、言いたかったんだ」

「え。そんな礼言われるようなこと」

　した覚えがない。

「伴奏も、すごく良かったよ！」

「……そ、そう？」

　ちょっと胸が反った。唯一といっていい取り柄を褒められて、悪い気はしない。練

習不足だったうちのクラスの合唱は惨憺《さんたん》たるもので、耳を塞いでいた生徒もいたほどだったが。

「また聴いてみたいなァ、坂上くんのピアノ」

「いいよ。俺なんかのピアノでよかったら、いつでも」

「ホント⁉」

とびっきりの笑顔。速攻、目でスクショして心フォルダに保存した。

クラスの誰も知らない、拓実以外は見たことがない、菜月の——。

「仁藤、いまは別に男いるらしいじゃん」

「え？」

拓実はつい、大樹を振り返った。

「あ……まあ、そりゃいるんじゃねーの？　知らねえけど……」

顔に出た驚きを消すのが一瞬遅かった。慌ててごまかしたが、大樹はうかがうように拓実を見ている。

そのとき、階下から間の抜けた声が聞こえてきた。

「たーくーみくん！　あーそーぼー」

拓実はホッとした。相沢と岩木に救われる日がこようとは。

「たっくん、お友達よー！」

「お！　きたな。わり、ちょっとソファ動かすの手伝ってくんね？」

拓実が頼むと、大樹は渋々立ち上がった。


スマホ片手にバスのステップを降りながら、菜月は時間を確認して言った。

「みんなもう、集まってる時間だね。ちょっと急ごうか」

後ろから、順がうなずきつつ降りてくる。

「えっと、地図……」

菜月がアプリを起動させるまえに、順がスタスタ歩きだした。

え……固まっている菜月の背後でバスの扉が閉まり、動きだす。

「……成瀬さん、坂上くんの家、行ったことあるの？」

あとを追いながらたずねると、順は振り返ってうなずいた。

胸の奥がチリッとする。

「……そっか」

ポケットから携帯を出してメールを打ちはじめた順と並んで歩く。

すぐに順からメールが届いた。

『物語を考える時に、一度だけ』

『ピアノで曲をつけてもらいました。』

「え⁉　坂上くんがピアノを？」

順がまたうなずく。

「へー……」

感情のこもらない声になった。

菜月はメアドも知らないし、拓実の家にも行ったことはない。

けれどもいちばんショックだったのは、拓実のピアノを順が聴いたということ──。

でも、ただの友達の菜月に、それをとやかく言う権利はない。順が拓実についてなにか口にするたび、そのことを思い知らされる。

胸の奥のチリチリが、燃え上がらないまま焦げつきそうだ。いまにもイヤな匂いがしてきそう……。

順は気づかず、またうれしそうにメールを打っている。

『不思議です。』

「え？」

『友達の家に遊びに行ったり一緒に買い物したり。』

『今まではあんまり考えられなくて……』

「友達……」

菜月が呟くと、順は「しまった！」という顔で慌ててメールを打った。

『ごめんなさい！』

「え？」

『ふれ交の委員として付き合ってもらってるのに友達などと大それたことを……！』

「あ！　ちがうの。あの、私も成瀬さんと友達になれてうれしいよ！」

「！……」

順はパッと顔を輝かせたが、すぐにまた気まずそうにうつむいてしまった。

順は、菜月が気をつかって言ってくれたと思ったのだろう。そして、カンちがいした自分が恥ずかしいと……。

あー……菜月は目を閉じた。弱いんだよね、こういうの。

「ほんと、応援したくなる……」

薄曇りの空を見上げて、小さく呟いた。

大きさも色もさまざまな靴が、狭い玄関の三和土《たたき》を占領している。

こんなにたくさんのお客さんがきたのは、いつ以来だろう。

切なくも優しい、ピアノソナタが流れてくる。久しぶりに聴く、孫の演奏。

中庭から二階を見上げていた祖父と祖母は、顔を見合わせると、やわらかく微笑《ほほえ》んだ。

♪心は叫ばない　つたえたいことあった気がするの――……

拓実の弾き語りを、菜月は少しだけ複雑な思いで聴いていた。

ソファに並んで座っている順は、ただただ感動のため息を漏らしている。

大樹は床に寝転び、相沢はあぐらをかき、岩木は膝を抱えた体育座り――みな、思い思いに聴いていた。

「……って感じだけど……」

意見を聞こうと、拓実は一同を振り返った。

岩木がおそるおそる顔を上げる。

と同時にパチパチパチパチ！　順が待ち構えていたように拍手した。

「悪くないじゃん？」

相沢が言い、菜月もうなずいた。

「うん、ラストの淋《さび》しい感じと合ってると思う」

安堵《あんど》している岩木を見て、相沢がニヤリとする。

「岩木がクラシックとか言いだしたときは、どうしようかと思ったけどな！」

聴いているんだかいないんだか、ずっと目を閉じていた大樹がむくりと起き上がった。

「いいんじゃね、『悲惨』」

「『悲愴《ひそう》』!!」

岩木が目を三角にする。

「たいして変わんねーだろ」

「変わるよ！　ベートーヴェン先生に謝れ！」

「んじゃまあ、とりあえずこれで曲は全部決まったってことかな？」

拓実はホッとして締めくくった。

「よーっし。あとはアレンジだな！」

相沢が大きく伸びをして言った。

「歌詞の調整もいるかも」

早く頼むよ、という顔の岩木に、ストーリー担当の順がうなずく。

「それと振り付けと演出ね」

すでに頭の中で振りを考えながら、菜月ははりきって言った。

「なんにせよ、あとひと踏ん張り！」

「だね、いやーけっこう、時間かかったねえ……」

相沢と岩木が話している。

「ほんと、こんだけ量があると、やっぱ迷うなぁ……」

「いやでも、この部屋テンション上がるわぁ～」

会話には加わらず、拓実はそっとピアノに触れている。

そんな拓実を菜月がやさしく見つめていることに、順は気づいた。

「ごめんねぇ、手伝ってもらっちゃって……」

六人分の湯呑《ゆの》みにお茶を注《つ》ぎながら、拓実の祖母が言う。

戸棚からクッキーの缶を取り出していた順は、急いで首を横に振った。

トイレに降りてきたとき、台所の物音に気づいてのぞいてみたら、おばあさんがひとりでお茶の用意をしていた。順がゼスチャーで手伝いを申し出ようとしたら、そのまえに「ちょうどよかった！」と声をかけられたのだ。

「あ、そのお菓子、そこの器に出しちゃって。おいしいのよ、それ」

調子っぱずれの鼻歌をうたいながら、おばあさんは流しで急須を洗いはじめた。

おじいさんは、居間で新聞を読んでいる。

「ねえ、さっきの曲……あれ弾いてたの、たっくんよね？」

タオルで手を拭きつつ振り返ったおばあさんに、順はうなずいた。

「そう……あの曲、息子も好きだったのよねぇ……」

そう言いながら、遠くを見るように目を細める。

「たっくんピアノ上手だったから、昔はよくあの部屋で家族そろってたっくんのピアノ聴いてたんだけどねぇ……」

順は携帯を取り出し、書いたメモを携帯ごと、おばあさんに渡した。

「あら、なにかしら、えーと……？」

老眼の目をすがめ、携帯を遠くにやったり上にやったりしているが、画面の小さい字はなかなか判読できないらしい。

「なにしてんの？」

そこへ、拓実が入ってきた。順がなかなか戻ってこないので、様子を見にきたらしい。

「あら、たっくん。これなんて？」

これ幸いと、おばあさんが拓実に携帯を差し出す。

順はぎょっとした。

「んー？」

あわあわしている順に気づかず、拓実が画面をのぞき込んだ。

『拓実くんのご両親は』

拓実が「え？」と順を見る。

バツが悪く、手を組んでもじもじしていると、拓実が大丈夫だよ、というように笑った。

拓実は湯呑みの載ったお盆、順は菓子器を持って、台所を出た。

「うちもさ、両親離婚してんだ」

「…………」

「母親のほうが出てったんだけど、親父もそれから仕事が忙しいとかって、俺のことはじいちゃんばあちゃんに預けっぱ。ま、年に一回、顔見りゃいいほうで」

「あれ、たくちゃん？」

階段の上から、岩木がふたりを見下ろしている。

「手伝う？」

「いや、大丈夫、すぐ行くよ」

そこで話は終わってしまったが、淡々と語る拓実の口調が、順にはよけいに傷の深さを物語っているような気がした。

バカ話をしながらお茶を飲み、クッキーをあらかた食べ尽くしたあと、一同は腰を上げた。

「そいじゃお邪魔しました」

「学校でね」

「気をつけてな」

口々に言い、拓実の家をあとにする。

本屋に寄って帰るという岩木と相沢と途中で別れ、残りの三人は、バスに乗って駅にきた。

順はここから歩きだ。

「じゃあね」

菜月が手を振り、先に改札に入っていく。

順も手を振って、少し気になることがありつつも、家に向かう道を歩きだした。

「………」

順はチラッと後ろをうかがった。が、すぐに前を向き、携帯をいじる。

ちょうど踏切にさしかかり、順は思いきって足を止めた。

後ろでも立ち止まる気配がする。

順はくるりと振り向き、携帯を突き出した。

「なんだ?」

大樹が、けげんな顔をする。

『あの電車乗らなくて良かったんですか?』

なぜか大樹は駅にも入らず、そのまま少し離れて、順のあとをついてくるのだ。

「……ああ、医者からまだ走んなって言われてっから、なるべく歩くようにしてんだ説明している途中で、大樹は急に申し訳ないような顔になった。

「もしかして、一緒に歩くの嫌だったか？」

順がぶんぶん首を横に振ると、大樹は安心したようだ。

カンカンカン……踏切の警報音とともに、遮断機が降りはじめた。

しばらく押し黙ったあと、大樹は上を向いて、ふう……と息を吐いた。

「それにしてもすごかったな、相沢も岩木も、すげぇ音楽くわしくて……坂上も……が……」

ピアノ、かっこよかった
「………………」

「クラスの連中もよ、いろんな得意なもんとかあって、成瀬も……」

順は首をかしげて、大樹を見上げた。

急行だろうか、電車が風を巻き上げてあっという間に走り過ぎていく。

「……まあ、俺がいままでなんも見てなかったってことだな」

大樹は自嘲気味に言い、順から目をそらした。

順は再び携帯を操作して、画面を大樹の前に差し出した。

「……なんだ？」

『田崎くんはとても立派です。それに自分で気付けるなんて。』

順の淋しそうな笑顔に気づかず、大樹は照れくさそうに言った。

「……ったくガキ相手かよ」

遮断機はとっくに上がっている。

「ほら、行こうぜ」

大樹が先に歩きだした。

心もち肩を落とした順が、そのあとをついていく。

……自分の悲しみにかまけて、私こそ、なにも見ていなかった……。

その夜、順はノートを広げ、遅くまで机に向かっていた。

とても尊く、幸せな言葉をもらった少女はしかし、王子様の悲しみには気づいてはいなかったのです。

少女は、王子様に——どんな言葉をあげられる?

＊

翌日の放課後、メールを読んだ拓実は驚いて問い返した。

「ラストを変えたい？」

順が真剣な顔でうなずく。

「でも成瀬……？」

廊下に立ったまま、再びメールがくる。

『これが新しいラストになります。』

順から渡された紙を受け取る。教室では、相沢たち妖精役のグループが練習を始めたようだ。

拓実は、内容を声に出して読みはじめた。

「処刑を受ける直前、少女がすべてをあきらめた瞬間――王子が、少女をかばう。王子の説得により、人々は少女の罪を許してくれた。少女と王子、そしてみんなそろってハッピーエンド……」

神妙な顔で聞いていた順から、すかさずメール。

『やっぱりハッピーエンドの方がご年配の方も喜んでくれるかと思いまして……』

「んーつまり、今のラストを変えて、もう一曲足すってこと？」

ふたりで話していると、教室から、たどたどしい歌が流れてきた。

『時間もないし、悲愴は寂しげな曲なのでまるごとカットして。ラストはお芝居だけでなんとか……』

「……んー……そっか、いまの歌詞もよかったんだけどな」

拓実は順にそう言って、考えるように上を向いた。

「たしかに暗いけど、あの『愛していると叫びだす』ってとことか、なんつーか押し込めてた気持ちが、すごい大事なもんなんだろうなーって感じがして……」

そこまで言って、順がしゅんとしていることに気づいた。

「まあ、でも、ハッピーエンドのほうがたしかに万人受けするだろうし……」

「ストップストップ～！」

教室の中からひと際大きい相沢の声がして、拓実のフォローをさえぎった。何事かと扉を開け、中をのぞき込む。すると、皆が後ろに集まり、何やら談義中だ。

「なんだよ相沢」

「どっかまちがえた？」

岩木と石川が言った。

「いや、ちがくてさぁ〜」

相沢は音楽を流していたスマホを止め、難しい顔をしている。

「じゃなんなの？」

「相沢？」

こちらも妖精役の、北村と渋谷昭久《しぶやあきひさ》だ。

「んー……」

相沢は哲学者のように眉間にしわを寄せ、くるりとターンした。

「なんかさ！　この曲って、おれたち邪悪な妖精が少女だまして、街を燃やし、人々を皆殺し！　って歌だろ？　それをこんなに楽しげに歌っていいもんかなーってさ」

「んなこと言ったって」

「こっちはだますほうなんだから当たり前でしょ？」

岩木と北村が反論する。

「歌詞の中身と曲がズレてんのなんてよくあるし」

「そのギャップが面白いんじゃない？」

続いて石川、いつもの静かな渋谷の意見。

「ギャップ……」

みんなのやりとりを聞いていた拓実は、ポツッと呟いた。

「暗い歌……楽しい曲……意味のちがうものを合わせて……」

どんどんイメージが湧いてくる。

そこへ、城嶋が練習を見にやってきた。

「あ、いいとこに。しまっ……先生、えっと、いまから音楽室使いたいんですけど」

「悪いな、成瀬、ちょっと思いついたことがあってさ」

拓実は、音楽室のピアノの前に順を連れてきた。

「その、ラストのことなんだけど……」

「……！」

順が早くもうつむいた。

ダメじゃないダメじゃない！　電光石火で言葉をつなぐ。

「や、ハッピーエンドは賛成なんだけどさ！　元のラストの雰囲気もよかったなーとか考えてたらさ……」

拓実は改めてピアノに向かい、左手で『悲愴』を弾きはじめた。

「えーっとハッピー……ハッピー……んー……」

そうだ！　思いついて右手を鍵盤に置き、同時に『Over The Rainbow』を奏でる。

「このまえ、授業で聴いたやつ……」

ふたつのメロディーがひとつに重なり、順の目がふわっと見開いた。

「お、けっこうハマる……か？」

「……！」

順が何度も大きくうなずく。気に入ったみたいだ。

「……昔観《み》たミュージカルでさ、まったくちがうふたつの歌を一緒に歌うってのがあって……それがすごく良かったの、相沢たちの話聞いてて思い出してさ」

適当なところで、手を止める。

「これもさ、親父に教えてもらったんだ」

そう言って、拓実は順を振り向いた。

「昨日、話、中途半端だったよな」

話……？　順が小首をかしげる。

「うちの両親、俺が中学上がるまえくらいからモメること多くなってさ」

やっと意味がわかり、順は息を呑んだ。

「私立行かせようとする母親に、その頃、ピアノに夢中だった俺が反発して、それを親父がかばって……みたいな。けっきょく、そのまま公立行ったんだけど、それから両親の仲は悪くなる一方で……そこからは昨日言ったとおり」

拓実はまた、ピアノに手を伸ばした。

鍵盤をゆっくりなでる。冷たくてなめらかな、懐かしい感触。

両親が離婚し、菜月と別れ、あんなに好きだったピアノを、気づいたら弾かなくなっていた。

「……俺の我儘がきっかけだったのに、なにもできなくて……なにも言えなくて……俺のせいって思ったら、ピアノさわんのも怖くなった」

けれど、順にピアノを聴かせたとき、なぜあんなに怖かったのか不思議なほど、指は喜んでいた。

――考えたら、菜月とまたふつうに話ができるようになったのも、順のおかげだ。

と、順が勢いよく携帯を突き出してきた。

『坂上くんのせいでとか、絶対そんなことないです！』

「……え？」

順の真剣な表情を見て、拓実はプッと噴き出した。

「だったら成瀬の家のことだって、俺は、おまえのせいだなんて思えないよ」

「！」

「きっと、そんなもんなんだよな。なにかが、誰かが一〇〇パー悪いとか、ダメとか、そういうのってきっとない」

拓実は、周囲に視線を巡らせて言った。

「んで、なにが言いたいかって言うとさ、どっちのラストも成瀬の『本当に喋《しゃべ》りたいこと』なんだったら、どうせなら、そのふたつとも伝えられるようにできたらなって
……」

ちょっと照れるが、そうしてやりたい――が、拓実はぎょっとした。順が突然、うつむいたからだ。

「……思ったんだけど……」

よけいなお世話だったか？　自然と声が先細る。

順は顔を伏せたまま、メールを打ちはじめた。

拓実のスマホがメールを受信する。順の様子を気にしつつ、開封した。

『坂上くんはすごいです』

「え？　……いや……」

戸惑っていると、再びメールがきた。

『坂上くんはすごいです』

『すごいです』

順がさらにまた、メールを打つ。

「成瀬?」

順の足元の床にぽたぽた涙が落ちて、染みを作っていく。

「……成瀬……」

順は、小さく肩を震わせて泣いている。

『もう一度弾いてもらえませんか。』

『しっかり聞いて、つめこみたいです。私の伝えたいこと』

『私のきもち、ぜんぶ』

拓実はふっと表情をゆるめ、スマホをピアノの上に置くと、順のためにゆっくりと弾きはじめた。

順はうつむいたまま、その音楽に耳を傾けている。

「私の……王子様……」

心の中から、言葉がこぼれた。

＊

準備が着々と進む一方、二年二組の出し物の噂《うわさ》は徐々に広がり、放課後、教室で歌の練習が始まると、見物人が廊下にやってくるようになった。

みんな恥ずかしがったが、意外にも順は平気だ。どこか吹っ切れたような、晴れ晴れとした表情で歌っている。

そんな順を、大樹は頼もしそうに見つめた。


やがて、学校の掲示板に、各学年のチラシが貼りだされた。

その夜、疲れて帰宅した泉は、ダイニングテーブルの上の紙に気づいた。

地域ふれあい交流会のチラシだ。順の字で、「よかったら観にきてください」と書かれた付箋が貼ってある。

『少女・成瀬順』

ヒロイン役のクレジットを、泉は信じられない思いで見つめた。

「あー、本番もう明日だよ～？　まだ歌詞とか不安なのに——」

朝、ゲタ箱で上履きに履き替えながら、陽子が泣き言を言う。

「私だって。てか、振りもまだ不安なとこあるし」

明日香もいつになく弱気だ。

「だよねー」

ふたりの話を聞いていた菜月の視線がふと、玄関のほうに留まった。

カバンを肩に掛けたいつもの格好で、拓実が歩いてくる。

「はよー坂上！」

陽子が元気よく手を上げる。

「はよ。早いな」

「まあね！」

なぜか得意げだ。

昇降口に入ってきた拓実は、菜月を見て足を止めた。

「あ、仁藤。昼の体育館の使用許可」

「あ、そうだった！　ごめんすぐ行ってくる！」

拓実の言葉を最後まで聞かず、逃げるように背を向ける。

「え、いや俺も……」

「菜月⁉　ちょっと待ってよ～」

先に行ってしまった菜月を、陽子がバタバタ追いかけていった。

「…………」

　菜月の背中を無言で見送っている拓実を、ひとり残った明日香が、なにか言いたげに見ていた。


　ふれ交前日、夜八時。

　体育館の真ん中で腕を組み、城嶋はステージを見上げていた。

　音楽が止《や》むと、うむ、とあごを引き——大きく手で○を作った。

「オッケー‼　リハーサル全パート終了——‼」

　ステージ上でつないだ手を高く掲げていた一同から、いっせいに声があがる。

「よっしゃー！」

「終わったー‼」

「うわー、歌詞途中飛んだー！」

「私もー！」

「よーし、じゃあもういい時間だし、とっとと片づけて帰れよ！」

城嶋が腕時計を見つつ言った。

「えーーー!!」

「えー、じゃない！　明日は一年が先にステージ使うんだから、しっかり片づけんだぞ！」

だらけている教え子たちを見て、やれやれと腰に手を当てる。

「んじゃやるか」

拓実が言った。だな、と大樹がうなずく。

「んじゃ先に大きいもんから」

そのとき、体育館の出入口に、汚れたユニフォーム姿の三嶋が現れた。

「おーい！　力仕事要員連れてきたぞー！」

「おー!?」

「三嶋？」

キャプテンの特権を利用したらしく、練習終わりの野球部員たちを引きつれている。

「野球部じゃん！」

「やったー！」

「いっくーん！」

ひとりだけ甘い声なのは、もちろん陽子だ。

三嶋の隣りに立っていた山路が、帽子を取ってぺこりと頭を下げる。まだ夜の明けきらない早朝も炎天下の夏も、共に汗を流してきた仲間たちだ。

「あいつら……」

ジンとして呟く大樹を、隣りにいた順が不思議そうに見上げた。


「これどこ持ってくのー？」

「シーンの早いほうから並べて！」

二組の生徒に野球部員が加わって、にぎやかに後片づけが始まった。

「そこもろいから気をつけてね！」

「ちょっと、こっち手伝ってー！」

大樹は、手頃なダンボールを持ち上げた。予想外に重い。

「っと……」

そこに「もらいます」と手が伸びてきた。

山路だ。

「おお、悪いなっ」

大樹がニカッと笑うと、山路は照れたのか、ちょっと視線を逃がした。

「全然ス、てかいいんスかそれ……」

大樹の右肘のことだ。

「ん？　ああ。やっと医者から許可が出てな。来週から練習にも出ていいってよ」

大樹は右手を閉じたり開いたりしてみせ、ぐっと肘を引いてこぶしを作り、真顔になって山路を見た。

「もうちょっとだけ待っててくれや」

山路が一瞬、言葉に詰まる。相変わらずの、ど真ん中直球ストレート。この人はこれだから……。

「……ウス！」

くるりと背を向けダンボールを運んでいく山路から、大きな返事が返ってきた。

衣装の入った大きなビニール袋を両手に持って舞台の階段を下りていると、明日香が後ろから声をかけてきた。

「あ！　菜月、教室戻るんなら、これもお願い！」

「ちょっと待って。えっと……」

ビニール袋を片手にまとめようとするが、ちょっと無理がある。

「んじゃ、坂上も行ってくれる？」

明日香が、床のモップがけをしている拓実に言った。

「は？」

「えっ⁉」

思いがけなくふたりになった……いや、させられたといったほうが正しいかもしれない。

中二のとき、菜月が拓実のことをまっ先に打ち明けたのが明日香だ。拓実に好きな人がいるかきいてくれたのも、バレンタインの告白に付き添ってくれたのも……。

そんな明日香だから、ダメになったふたりのこと——正確に言えば、いまだに初恋を引きずっている親友のことを、ずっと気にかけてくれているらしい。

……でも、気の回しすぎ！

渡り廊下の先を歩いていく菜月を、拓実が小走りに追いかけてくる。

「な、なあ仁藤」

聞こえないふりで、菜月はうつむきかげんにスタスタ歩いていく。

「……なあ、なんか最近、変じゃないか?」

「……なにが?」

ムスッとして答える。

「なにがって、その……」

なによ、そのはっきりしない返事。

中学のときみたいに、避けたり無視しているわけじゃない。必要最低限の話はしてるし、ふれ交委員の仕事もちゃんとやってる。

——でも、偶然前を通りかかった音楽教室で、坂上くんと成瀬さんのあんな光景を見ちゃったから。成瀬さんの涙を包み込むような、優しいピアノの音。きれいに重なったメロディーのように、ふたりの心が通じ合っているみたいで……。

「別になにも」

腹が立って言い返してやろうとしたとき、ショッキングな光景が視界に入ってきた。

カーッと顔が熱くなり、思わず倒れそうになる。

「え、なに？」

拓実がきいてくる。

パニくった菜月はもう一度現場を見やり、拓実に慌てて首を振った。

「は？」

けげんそうにそちらを見た拓実は、たちまち菜月以上に顔が赤くなった。

三嶋と陽子が、外廊下の暗がりでキスしている。

「ん……」

陽子がうっとりして唇を離した。

「もう、いっくんてば、悪い子じゃん」

「しょうがないだろ？　ここんとこ準備とかで、ぜんぜんふたりきりになれなかったし」

刺激的な会話が聞こえてくる。

「もう、だからってこんなとこでぇ……」

「でもこういうのちょっと燃えるだろ？」

「えー？　うん……」

ふたりはまたキスを始めた。

固まったまま見ていた菜月は、ハッと我に返った。これまた固まっている拓実に軽くビニール袋をぶつけて促し、歩きだす。

慌てて拓実が、そのあとを追う。

「もう！　なんなのあれ！　この忙しいときに」

ふたりから十分離れると、照れ隠しに菜月はまくしたてた。

「いくらつきあってるからって、が、学校であんなことするなんて……」

「……つきあってる……」

後ろで拓実がぽつりと言った。

「え？」

立ち止まって振り返ると、拓実も立ち止まって、気まずそうに目を泳がせた。

「あ、や、仁藤もつきあってるやつ、いるんだよな」

菜月の手がピクッと震えた。その手にぐっと力を込める。

「……なんで……？」

「その、ちょっとまえに田崎から……」

口を滑らせた、という感じの拓実。

……拓実の口からそんなこと、聞きたくなかった。それも、心がぺしゃんこになってるときに……。

「に……仁藤？」

拓実がうろたえたような声を出す。

菜月はキッと拓実をにらもうとして——気づいた。無意識にこらえていた涙が、頬を伝っていたことに。

ビニール袋をドサッと下に置き、慌てて涙を拭う。

「仁……」

「来ないで!!」

駆け寄ってこようとした拓実を、菜月は強い口調で制した。

「……で、でも……おまえ……泣いて……」

拓実が心配してくれているのがわかる。そんなふうに優しいから、カンちがいしちゃうんだよバカ。

「なあ！　仁藤」

「いいから！」

菜月は突き放すように言った。

「……もういいから、あとは私やっとくし、それ置いて早く成瀬さんとこ行ってあげて！」

拓実が戸惑った顔になる。

「……え？　なんでそこで成瀬の名前が出てくんの？」

「だって好きなんでしょ⁉　成瀬さんのことっ‼」

もうめちゃくちゃだ。

「ちょ、ちょっと待てなんだそりゃ！　俺は別に成瀬のこと、好きとかそんなんじゃない！」

慌てたように拓実が身を乗り出してきた。

「え……？　だって！　成瀬さんのこと気にかけてるじゃない、すっごく！」

いつだっていつだって。そのたび傷ついて、順に嫉妬してしまう自分がイヤでイヤでしかたなかった。

「ああ、かけてるよ！　でも、それはなんていうか……まえにも言ったろ⁉　成瀬すげー頑張ってっから応援したいって……」

「それが好きってことなんじゃないの⁉」

かあっとして言い返す。

「だから、ちがうって！」

拓実はかぶりを振り、片手に荷物を集めると、どうしたらいいかわからない、というように額に手を当てた。

「……なに人の気持ち、勝手に決めつけてんだよ」

「そんなの、わかんないよ……」

中二のあの日、菜月は拓実と仲直りしようとした。だって、やっぱり拓実が好きだったから。

放課後、みんなの視線を感じながら、菜月は、自分のメアドを書いた謝罪の手紙を渡そうとしたのだ。

でも、そのまえに拓実から答えが返ってきた——「気にしてないから」と。

拓実は怒ったんじゃない。むしろ、優しく微笑んでくれた。でも、一瞬でわかってしまった。ふたりの間に見えない壁ができたこと——。

あのときの凍りついたような気持ちは、いまも溶けてくれない。

「……坂上くんの気持ち、ぜんぜん！」

その菜月の言葉にハッとしたように、拓実は顔を上げた。

「……そう、だよな」

「……？」

「わかんないんだ。思ってることは……ちゃんと、口にしなきゃ……」

拓実は一度目を閉じ、決意したように目を開けると、菜月を真正面から見つめた。

「俺――後悔してた。あんとき、仁藤が手を伸ばしてくれようとしたことわかってたのに、自分からはなにもしなかったこと。だから、成瀬が頑張ってんの見て……俺も『今度は』って！」

一歩踏み出そうとした拓実を止めるように、菜月が口を開いた。

「私ね、あのあと、私たちの関係、うやむやになって……でも、それでよかったって思ってた。聞いたら、口に出しちゃったら、本当に終わっちゃうってずっと……」

「……それって……じゃあ、つきあってるやつって……」

「でも、それじゃいけなかったんだよ。いけなかったってわかっちゃったから、だから私、応援するって……」

「仁藤、俺は……」

そのとき、ドサドサッ！　なにか大きな物音が校舎に響いた。

ふたりとも驚いて音のしたほうを振り返ったが、辺りに人影はなく、静まり返っている。

なんとなく話の接ぎ穂を失い、ふたりは口をつぐんだ。

「……そろそろ行こ、みんな待ってるよ」

菜月は、ゆっくりした動作で足元のビニール袋を拾い、歩きだした。

「仁藤」

「ごめん、いまはもう聞きたくない」

そう言われて、拓実は動けなくなる。菜月は小さくつけ加えた。

「でも……ピアノ、また聴けてうれしかった……」

「………」

菜月の背中がだんだん遠くなり、やがて、拓実も歩きだした。

ふうううううううううううううう
はあああああああああああああああ
声にならない、息のような叫びをあげながら、順はやみくもに道を走っていた。
――みんなに頼まれたカバンを抱えて、体育館に行こうと玄関まできたとき。
拓実の声が聞こえて、順は一瞬、笑顔になった……でも、本当にそれは一瞬のことで。
――オレハベツニ、ナルセノコト、スキトカソンナンジャナイ――

順は玄関に立ち尽くして、拓実と菜月の会話を聞いていた。

いくら順でも、わかった。拓実が誰を好きなのか。

その瞬間、順の手からカバンが落ち、大きな音を立てた。

「……く……ううあ……ぁあああああ！」

学校を飛び出してからずっと走ってきたせいで足がもつれ、順は前のめりに倒れた。

「……くっ………」

起き上がろうとして、膝に痛みが走った。

「痛っ……！」

タイツの膝が破れて、すりむけている。

とっさに膝を押さえて叫んだせいで、今度はお腹《なか》に痛みが来た。

「痛っ！　痛いっ！　……痛、痛い……」

お腹を抱え、震えながらうずくまって、夜の闇の中で叫びまくる。

「……痛いッ!!」

「お腹じゃないね」

聞き覚えのある声がして、順は弾《はじ》かれたように顔を上げた。

——玉子。目の前に、羽根飾り付きの紫のつば広帽をかぶった、玉子が立っていた。

「痛いのは、胸だ」

「…………」

「青春の痛みだ」

玉子は帽子に手をかけ、スッとつばを上げた。

「封印を破ったきみへの」

「喋ってないっ！　ほとんどっ！」

思わず乗り出し、地面に両手をつく。

「ふふん。喋るなというのはね、言葉だけじゃないんだよ」

玉子はキザな仕草で帽子を取ると、それを順のほうに向けた。

「きみは、心がお喋りすぎるんだ」

「…………」

「坂上拓実が」

固まっていた順のからだが、ピクッとその名前に反応する。

「好きだ好きだ好きだ好きだ好きだ好きだ……」

順はいつしか、物語の少女になっていた。

「やめて‼」

順は耳を塞ぎ、全身で叫んだ——封印を忘れて。

パシッ！　瞬間、玉子に亀裂が入った。

「だからほら、きみの玉子はもうヒビだらけ。ああ……ほら出てくるよ。どろどろした白身、孵化《ふか》しかけの黄身……」

玉子から溢れ出る、赤、白、黄色の入り混じった粘度の高い液体が、順の両手からこぼれ落ちていく。

「あ……ああ……」

「きみにはがっかりしたよ。もう、中途半端に閉じ込めるのは終わりにしよう……」

順の足元は一面、ねっとりした玉子液だ。さらに上からもどんどん垂れてくる。

「さあ。いよいよ……」

「!!」

順はいきなりドプッと玉子液の中に沈み込んだ。

しばらくして、その波紋の中心に、玉子のカラが浮かぶ。

玉子がニイ、と不気味に笑んで言った。

「——スクランブルエッグだ」

最終章

煤《すす》けたような白い空から、ちらちらと雪が舞い降りる。

雑木林の階段、橙色《だいだいいろ》の柿の実、玉林寺の祠《ほこら》に吊《つ》るされた玉子たち。

早朝の街はどこもかしこも、なにもかもが、寒そうに震えている。

うっすら積もった雪のじゅうたんに、順の上履きが足跡を残していく。

鉛をつけたような歩みはだんだん遅くなり、やがて止まった。

黒タイツの下の、膝小僧に当てたガーゼが痛々しい。

順はまぶしそうに空を見上げた。雪片が弱々しい朝の光に照らされてキラキラしながら落ちてくる。

その後ろ姿は、雪と一緒に儚《はかな》く溶けてしまいそうだった。

*

『地域ふれあい交流会』の看板が立てかけられた校門に、色も柄もとりどりの傘が吸い込まれていく。

「こんなときに雪なんてね！」

「いや焦った。タイヤ換えてないし」

今年のふれ交に出演する生徒の父兄たち。

「今日はなにやるんだっけ？」

「歌と……ミュージカル？　だっけ」

毎年楽しみに足を運んでいる、近所の人たちもいる。

「いやー寒いですね」

「カイロ持ってきた？」

パイプ椅子が並べられた体育館に、ぽつぽつ人が入ってきた。

壁の時計は、開始時刻三十分前を指している。

二年二組の教室は大騒ぎになっていた。

「ねぇ！　まだ見つかんないの？　成瀬さん！」

特別棟を回っていた明日香が、息を切らせて教室に戻ってきた。

「だめ。ほかからも連絡こない……」

先に戻っていた菜月が顔を曇らせる。

「学校ン中、もう探すとこないよ？」

「外回ってる連中からも連絡こねぇ」

スマホを確認しつつ、三嶋が言った。

「ほんとに学校にいんのか？」

相沢が指摘する。

「でもゲタ箱に靴あったし！」

それを見つけた陽子がムキになって言った。

「坂上、ケータイは？」

三嶋が教壇にいる拓実にきいた。

「ダメだ、つながんない。留守電ももう……！」

教卓に肘をつき、イライラと頭をかく。

そのとき、スマホがメールを受信した。急いで上体を起こしてチェックする。

成瀬だ！　『ごめんなさい』の件名に、嫌な予感がする。

「……え？」

本文を読んだ拓実は、がく然とした。

「……なんで……」

『ヒロインできません。調子に乗ってました。本当にすみません。』

「ヒロインできねぇって……なんだそりゃ⁉」

横からスマホをのぞき込んだ三嶋が叫ぶと、教室のあちこちから、エエッと声があがった。

「なんで急にそんな⁉」

うろたえる菜月に首を振り、拓実はもう一度、順の携帯に電話をかけてみた。

「だめだ……やっぱ、こっちからは……」

「どうすんだよ！」

「ヒロインいなくちゃ始まんないよ！」

相沢と岩木が天を仰ぐ。

「逃げた？」

「かもね｜……」

メイク係の栃倉と小田桐が眉をひそめてささやき合っている。

「どうすんの？」

「さあ……」

北村よし子と高村佳織が不安そうに顔を見合わせると、ナレーション担当の賀部成美が、壁の時計を見上げた。

「もうすぐ一年生の回、始まっちゃうよ」

そこでふと思い出したように、鈴木章子《すずきあきこ》が長い髪を揺らして振り返った。

「成瀬さん、昨日、急用とか言ってたの、なんか関係あんのかな」

それを聞いた大樹がハッとする。

「そうだ、おまえら昨日、教室行ったとき成瀬に会わなかったか？　そんでそんとき、なんか様子とかおかしくなかったか」

「え？　昨日って？」

菜月が問い返す。

「教室に荷物持ってってたろ？　そんとき、成瀬もカバン取りに行ってたところがなぜか、体育館の入り口にみんなに頼まれたカバンと、「急用ができたので帰ります」というメモだけが残っていたのだ。

「あのときって」

拓実が驚いて言った。

「じゃあ……あの物音って……」

菜月は思わず手で口元を押さえた。校舎のほうから音がしたのは、あれは……。

「成瀬さんに聞かれた……」

「聞かれた？　なにをだよ！　おい!!」

青ざめている菜月と拓実に大樹が詰め寄る。

「それは……」

言えるわけがない。拓実が目をそらして口ごもっていると、外を回っていた福島《ふくしま》竜二《りゅうじ》、清水、岩田の男子三人組が戻ってきた。

「成瀬きた⁉」

「学校の外も見たけど」

言いながら入ってきた三人の足が、

「なにやってんだよ！」

という大樹の怒鳴り声で止まった。

「おまえらはこんな大事なときによぉ！」

怒りをぶつけるように教卓に手を叩《たた》きつける。

「おい大ちゃん！」

三嶋がなだめるが、大樹は全身から炎が見えそうなほど怒っている。

「け……けどそれが原因かなんて、その、成瀬が俺のことをとか……」

「おまえが！　……おまえがそれを……!!」

大声でさえぎったあと、大樹はぐっと歯を食いしばり、言葉を呑《の》み込んだ。言って
やりたいことは山ほどあるが、いまここで言うべきことじゃない。

あごに力を入れて懸命に耐えている大樹を見て、拓実はなにも言えずにうつむいた。

自分のうかつさ、鈍感さに心底腹が立つ。

「どうしよう……私……！」

「菜月……」

涙目になっている菜月の肩に、明日香が慰めるように手を置いた。

「は？　なに。つまり……」

「チジョーのもつれってやつ？」

栃倉と小田桐が、信じられない、というふうに顔を見合わせる。

「成瀬来ない理由ってそれなの？」

「ちょっとありえなくね？」

なんだよそれ、ひどい……あちこちで非難の声が噴き出した。

「みんなで頑張って準備したのに……」

本当にそのとおりで、拓実にもかばいようがない。

「引くよなぁ」

「ちょっとサイテーだよね成瀬さん」

「‼」

とうとう名指しになった。このまま順にみんなの怒りが集中するのは火を見るより明らかだ。

「おい」

大樹が拓実をにらみつける。

「おまえは……どうすんだ⁉」

「……俺は……」

そこへ城嶋が、戸口に立ったままだった福島たちの間を割って入ってきた。

「おーい、やっぱり成瀬の家、誰も出な……なに？」

教室の険悪な雰囲気に気づいて、そばにいた清水にきく。

「や、なんか……」

「みんなごめん!!」

教室の前に出た拓実が突然、一同に向かって頭を下げた。

一瞬、みんなが黙り込む。

「……別に拓が謝ることじゃ……」

相沢のフォローはありがたいが、拓実は頭を下げたまま口を開いた。

「俺たちが言いだして、みんなに協力してもらってここまでやってきたのに……成瀬は、それを全部ぶち壊そうとしてる。それは本当にひどい裏切りだと思う」

太ももについた手にグッと力を込める。

そんな拓実を、大樹は厳しい目で、菜月はつらそうに、ただ見守っている。

「でも俺、それでもあんなに必死に、喋《しゃべ》ると腹痛くなんのに、無理してでも頑張ってたあいつを見てたから」

教室でいきなり歌いだした順。

本当に喋りたいことを歌にしてほしいと叫んだ順。

相沢の作った歌に感動していた順。

ファミレスで、野球部員たちを怒鳴りつけた順。

主役には、頑張って自分から手を挙げた。

休み時間は物語を作り、放課後はみんなと歌の練習。

そして、伝えたいことを全部曲につめ込みたいと、音楽室の床に涙の染みを作った順……。

——いつもいつも、成瀬は一生懸命だった。誰よりも、一生懸命だったんだ。

拓実は顔を上げ、正面を向いて言った。

「だから、やっぱり、どうしても、アイツに舞台に立ってほしいんだ」

教室が水を打ったように静まり返った。

城嶋が、やるじゃん、というように拓実を見る。

すると、三上が口を開いた。

「そりゃさ、うちらだって成瀬、頑張ってたの知ってるけど」

栃倉と小田桐も、少々バツが悪そうな顔をしている。

「でも実際来ないんだからさぁ……」

「うん……」

拓実はいったん目を閉じ、それから決意したように一同を見渡して言った。

「だから俺に探しにいかせてほしい」

「はぁっ⁉」

三嶋と陽子と明日香が仲よくそろって声をあげた。

「ちょっとなに言ってんの？」

「坂上までいなくなってどうすんだよ⁉」

小田桐と錦織が猛然と反対する。

菜月は目を見張るばかりで言葉もない。岩木と相沢も同様だ。

──いいや、それでこそ男だぜ。

大樹はふっと微笑《ほほえ》んで、岩木を振り返った。

「岩木！　曲は全部おまえが作ってんだから歌も全部歌えんだろ！」

「え⁉　まぁ……」

戸惑っている岩木の肩に手を回し、ニヤリとする。

「じゃあ坂上戻ってくるまで王子頼む！」

「うは……⁉」

まさかの大抜擢《だいばつてき》。

「仁藤!! おまえ成瀬に振りつけてたんだから、曲も覚えてんだろ？ 成瀬の代わり頼むわ」

「え⁉ わ、私⁉」

菜月は思わず自分を指さした。

「もともと一回しか出番ねぇし、なんとかなるだろ？」

「う、うん……」

「岩木も妖精と王子はかぶらねぇし！」

「ま、まあ」

「田崎……」

拓実は声を失って大樹を見つめた。

「俺からも頼む！ どうか少しだけ、成瀬にチャンスをくれ。このとおり！」

大樹は勢いよく頭を下げた。絶対、あいつに後悔させねぇ——順がいなかったら、俺だって、いまも目が覚めていなかったにちがいない。

「わ、私も精いっぱいやるから！」

菜月が一歩、前に出て言った。続いて陽子が手を挙げ、

「私も菜月のぶん、倍、踊るよ！」

「陽子、フォーメーション変わるとこ確認しよ」

言いながら、明日香はもうフォーメーション表を手に取っている。

「うん！」

皆は顔を見合わせ、誰ともなく言いだした。

「まぁしょうがないか」

「どっちにしろ今から中止にできないもんね」

「んじゃ着替えちゃおか」

「歌詞確認しとこ」

クラスじゅうが前向きに動きはじめた。

「岩木！　自信ないなら俺が王子やってもいいぞ！」

「相沢じゃ衣装入んないだろ」

「ぐっ！」

ふたりのプチ漫才に周りから笑いが起こる。

呆然《ぼうぜん》としている拓実をにらみつけるようにして、大樹が言った。

「おい……頼むぞ」

拓実の横で菜月が、お願いね、というようにうなずく。

「……ああ」

力強くうなずき返すと、拓実は教室を飛び出して駐輪場へ向かった。

——待ってろ、成瀬！

＊

暗闇の中に、携帯電話のバックライトが光る。

『成瀬へ』『連絡ください』……拓実から、着信メールがたくさん届いている。

一ヵ月前までは、時どき母親から業務連絡みたいなメールがくるだけだったのに。

「…………」

順は受信箱を開けた。

Re：Re：Re：Re：Re：……メールの件名に、いくつも並んだ返信記号。

歌詞ができたり、いいフレーズが浮かんだりしてメールすると、拓実はそのたび必ず感想を書いて返信してくれた。

時には意見が合わなくて、夜中まで何度もやりとりしたり……。

スクロールして、『ラストはこれで』というメールを開く。
最後に書いた『心が叫びだす』の歌詞が出てきた。
「………」
携帯を持つ手が、だらんと落ちる。
ついでに、寄りかかっていたベッドに頭を預けた。
携帯が壊れそうなほど、手に力が入る。
バックライトが消えて、あたりは完全な闇に包まれた。

幸い、雪はひどくならずに止《や》んだ。
案内板にあった駐車場に車を停《と》め、学校のスリッパに履き替えて体育館に入ると、
脱いだコートを腕にかけて空席を探した。
想像していたより盛況だ。ほとんど席が埋まって——。
「あら、成瀬さん？」
声をかけられて、泉は立ち止まった。
列の真ん中あたりから、拓実の祖母が手を上げている。

「ちょうどいま、一年生が終わったところですよ。よかったら、隣り空いてますよ？」

奥の席で、拓実の祖父が軽く会釈する。

少し戸惑いながら、泉はあいまいに頭を下げた。


駅構内を探しあぐねて駅舎から出てきたとき、陽子から電話がかかってきた。

「あ、坂上？」

「ごめん！　成瀬はまだ……」

言いながら、自転車にまたがる。

コンビニ、セメント工場、片っ端から自転車を走らせて人に聞いたりもしているが、手がかりすらない。

自転車を道路脇に停め、玉林寺の雪の残る階段を急ぎ足で上る。

「じゃなくて先行った田崎から伝言！　なんか客席に成瀬のお母さん来てたって」

拓実は階段の途中で足を止めた。

「うん……わかった。ありがとう、見つけたらすぐに行くから……うん」

携帯を切り、手を下ろす。

「くそ……」

よく喋る順の表情が、めまぐるしく脳裏を駆け巡る。

「なにやってんだよ成瀬……！」

ここは、順と初めてメールで会話した場所だ。

長い長い順の物語、そして『喋らない私が誕生しました』と——。

「そういや……」

ふと呟いて、スマホを持ち上げる。

あんとき成瀬が言ってた、すべての事のはじまりは——。

拓実は、顔を上げて振り返った。

紅葉に染まる山の上に、三角帽子が見えている。

「城の……舞踏会」


「まだ始まんねーの」

「もう時間過ぎてんじゃん」

体育館の在校生席がざわつきはじめた。

「なんか遅いね」

「ん――……」

次は大樹たちの二年二組だ。どうしたのだろうと思いながら、山路は隣りの女子に適当に返事した。

「お父さん、パイプ椅子大丈夫？　腰」

「ああ」

拓実の祖父母が話している。

順の母親は、さっき拓実の祖母にもらったみかんを、膝のチラシの上で落ち着きなくいじっていた。

舞台裏には、第一幕の出演者たちがスタンバイしていた。

「わー緊張してきた」

「人いっぱい」

「あーなんか腹痛ぇ……」

「俺も……」

シンプルな白いワンピースに着替えた菜月は、壁に向かい、一心に歌の練習をしていた。

「♪きんぴかのお城で夜ごとくりかえす　紳士と淑女つどう　あーのー」

ああ！　ここで必ず声が裏返ってしまう。音程確認しないと。

「♪あーのー、あーのー舞踏——」

そこへ、城嶋が扉から顔を出した。

「おーい、進行の先生から連絡きたぞ。スタートはもう延ばせないって」

ピタッと声が止み、一同、顔を見合わせてしっかりとうなずき合う。

そんな周囲の状況も目に入らないようで、菜月はひとり練習を続けている。

「ちょっと仁藤？」

鈴木が声をかけたが、集中している菜月はまったく気づかない。

けげんに思った大樹が軽く肩を叩くと、菜月はビクッとして勢いよく振り返った。

「あ……な、なに？」

ちょっと目を丸くしていた大樹が、ニヤリとした。

「……なんだよ。部活じゃ短いスカートひらひらさせて踊ってんのに、怖気《おじけ》づいてんのか？」

「……！」

いつもならムキになって言い返してくる菜月の反応がないので、大樹はいぶかしそうにしている。

「……そうかも」

菜月は、うつむいて言った。

「怖気づいてた。きっと……ずっと。私、はっきりするの、逃げてた」

菜月の独白を、皆なんとなく聞いている。

「でも——もうやめる。そういうの」

菜月がキッと顔を上げた。その目の奥に強い意志が宿っている。

——そうこなくちゃ。大樹はまたニヤッとした。

「おっし、じゃあ行くか！」

「……おう！」

そんな教え子たちを頼もしく見ていた城嶋が、腕の時計に目を落とした。

中二階にいる照明係の三嶋の携帯に、スタートの連絡が入る。

同じく連絡を受けた下手側の明日香が、一同に合図する。

二階の音響ルームでは、相沢が「始まるぞ」と口パクで伝え、マイクを前にした賀部が緊張気味にうなずく。

真剣な顔を見合わせていた大樹と菜月は、ゆっくりとステージに目をやった。

ブー――……。観客席に開幕のブザーが鳴り響いた。

＊

『昔々、あるところに、お城の舞踏会に憧れる、貧しい少女がおりました』

ナレーションとともに、幕が上がっていく。

舞台の上。お城を見上げる少女の後ろ姿が、逆光の中に照らし出された。

第一幕、『あこがれの舞踏会』の音楽が流れはじめ、賀部のナレーションで物語が始まった。

『貧乏で夢見がちな少女は、城で毎夜行われている舞踏会をひたすら覗《のぞ》き見しておりました……』

前奏の終わり頃、スポットライトが少女に当たり、順の衣装を着けた菜月が前を向いて歌いはじめる。

『♪きんぴかのお城で　夜ごとくりかえす』

上下の袖から、貴族に扮《ふん》した罪人役の生徒たちが、それぞれ男子と女子に分かれて、手を広げながら出てきた。

向かい合った相手の手を取り、音楽に乗ってくるくると踊りだす。

『♪紳士と淑女つどう　あの舞踏会……』

「あれ？　主役って、別の人じゃなかったっけ」

隣りの女子が山路に言った。

「んー……？」

山路は壇上に目をこらした。……本当だ。主役はファミレスの腹痛女だと聞いていたが、あれはチア部の部長だ。

拓実の祖父母は主役の変更に気づいていないのか、楽しそうに舞台を観《み》ている。

その隣りで、泉は落胆したようにうなだれた。

「……やっぱり、ダメなんじゃない……」

口の中で呟《つぶや》き、チラシに貼ってあった付箋のメモを隠すように手を置いた。

『♪ひるがえるドレスは　赤いサカナみたい　ホールを泳いでく　尾びれゆらして……』

緊張に少しだけ手を震わせながら、菜月が高らかに歌い上げる。

「声出てんじゃん菜月！」

「ちょっと硬い感じするけどね……」

舞台裏で、陽子と明日香が小声で話している。

『♪君　ここで何をしているんだい？』

『♪王子様があらわれて　わたしにいうのよ　覗き見なんてやめて　僕と踊りましょう』

『♪……いけない　つい妄想モードに　そんなの　あるはずない奇跡　ああ　それでもやっぱり踊りたい　薄汚れたボロ靴をガラスのヒールに　ねえ　ターンはちょっと苦手だけど　ステップは得意よ　夢に見ている　目覚めてしょげる　あこがれの舞踏会……』

『のぞき見がばれた少女は、踊っていた人々に責めたてられます』

再び賀部のナレーションが入り、罪人役の面々が登場して菜月を取り囲む。

『ふざけたことを言ってくれちゃ困る。この舞踏会があこがれだって？』

『ここはお城ではなく処刑場、紳士淑女はみな罪人たちだったのです。踊りたくないのに踊らなくてはいけない「罰」を受けているのだというのです』
『私は五年も踊らなきゃいけないのよ、やんなっちゃう』
『俺は一生だよ……もう腰が痛くて痛くて、これなら、死んだほうがマシだ！』

大樹は袖に陣取り、幕の隙間から舞台をのぞいていた。

いまのところ、好スタートだ。一回表、ノーアウト一、二塁というところ。

すぐ横でスタンバイしている福島が、胸に手を当てて「よしっ……」と気合いを入れた。

激励の言葉の代わりに、舞台に出ていく背中を叩いて送り出す。

「うわー私も緊張してきたー!!」

そばにいた高村が小さく悲鳴をあげた。

大樹は、ぐっと表情を引き締めた。

机の上、玉子のかぶりものの横に置いてあるスマホは人の気も知らず、微動だにせず沈黙したままだ。

「……頼むぞ、坂上。とっとと成瀬連れてこい!!」

道路の雪に残っている小さな足跡が、少し隙間の空いた、立ち入り禁止の柵の向こうに続いている。

拓実は自転車を止め、肩で息をしながら、寂れたラブホテルを見上げた。

自転車を降り、スタンドも立てずに敷地の中に駆けていく。背後でガシャンと自転車の倒れる音。またじいちゃんが修理するハメになりそうだ。

駐車場まで走ってきて、拓実はためらいがちに周りを見回した。まだ足を踏み入れたことのない禁断の地だ。

そのとき、薄く積もった埃《ほこり》の上の、濡《ぬ》れた足跡に気づいた。それは、少し扉の開いた通用口へ向かっている――。

拓実は夢中で駆け出した。

『♪くらい　なにも見えない　電気とまったの　くらい　人生はくらい　つまずくばかりの日々　くらい　ならちょっとくらい　夢を見るくらい　くらい　まやかしだって　いいから踊ってみたい……』

ステージは、第二幕の『光のない部屋』に入っていた。

菜月、明日香、陽子のチア部トリオが、もの悲しくも切ないダンスを披露する。

『舞踏会の真実を知り、少女は動揺しました……しかし、家に帰れば身寄りもない貧乏なひとり暮らしです。孤独の中でじっと耐える生活よりも、たとえ罰でも、あの舞踏会に参加したい——少女はそう願うようになりました……』

通用口から中に入ると、バックヤードの廊下の真ん中に出た。

右か左か、目をこらして足跡を探す。

「こっちか……？」

廊下を進むと、空間はほとんど闇に閉ざされた。

歩きながらポケットからスマホを取り出し、ライトをつける。

「もうこんな時間……！」

もうとっくに幕は開いているだろう。

床は老朽化して、物が散乱している。慎重に歩みを進め、真っ暗な狭い通路にライトを当てて先をうかがう。

でも、もし順が見つかって、そしたら自分はなんと言えば……。

足跡が続いている階段の上、隙間の開いた扉の奥は少し明るい。

扉を開けると、一瞬、目を奪われた。

そこは客室エリアらしく、大きなステンドグラスをバックに、まさにお城のような吹き抜けの廻《まわ》り階段があった。

再び擦り切れたじゅうたんの上を歩きだそうとしたとき、暗い廊下の突き当たりの部屋から、光が漏れていることに気づいた。

拓実はその光に向かって駆け出した。


……いた。

順は両手を投げ出すようにして床に直接座り、頭をベッドにもたせかけていた。

窓の内扉が壊れているおかげで、汚れて曇ったステンドグラスが部屋に明るさをもたらしているらしい。

拓実は息を呑んで扉に手をかけ、一歩、中に入った。

「な……成瀬」

気づいていないわけはないのに、順はピクリともしない。

「……行こう、成瀬。みんなが待ってる」

順の半ば開いていた口が閉じ、そして、また開いた。

「もう……戻れない」

順が、ふつうに答えた。

「成……おまえ、しゃべっ……」

驚いて動けずにいると、順が続けた。

「もう、始まっちゃったでしょ」

ハッと我に返り、慌てて言う。

「いやまだ大丈夫だ！　いま、みんながなんとかやってくれてるから」

「無理だよ……もう歌えない」

携帯を床に残して、順は右腕で顔を覆った。

「私の王子様は、もう、いないから……」

「……成瀬……」

近づこうとしたとき、鋭く声が飛んできた。

「来ないでッ！」

「………」

「叫ばせないで！　また、お腹《なか》痛くなっちゃうじゃないっ！」

順は身をよじって、そのまま横向きに倒れ込んだ。

「ああっ……歌ならいいとか、駄目だったんだ！　喋ったり……心が喋ったり！　やっぱり駄目だった！」

床の上でエビのようにからだを丸め、両手で頭を抱え込んで絶叫する。

そんな順を、拓実は立ち止まったまま見下ろすしかない。

「玉子の言うとおりだった！　喋ったりするから不幸になった！」

「！」

なにをバカなこと——さすがにイラッときた。

「玉子なんて、最初からいないだろ！」

「いるもん！」

「いないっ！」

「いるっ‼」

言い合いがだんだん激しくなる。

「いないっ‼」

「いないとっ、困るのっ‼」

順が目を真っ赤にして半身を起こした。

「………」

「舞台、めちゃくちゃにして……家のこともめちゃくちゃにして……」

うなだれたままゆらりと起き上がり、くしゃくしゃの泣き顔で叫ぶ。

「私の、お喋りのせいじゃなかったら！　なんのっ！」

順は頭を抱え、足元をふらつかせたかと思うと、つまずくようにベッドに腰を下ろした。

「なんのせいにすればいいのっ！　どうすればいいのようッ⁉」

拓実は、悲痛なその叫びを呆然と聞いていた。

「……！」

言葉を見つけようとするが、それは喉《のど》の奥に引っかかって、どうしても出てこない。

『……けれど、少女はどんなことをすれば罪になるのかわかりません。そこに悪い妖精たちがやってきて、少女の耳元にささやきます』

第三幕、『燃えあがれ』のステージ上では、マントをつけた悪い妖精たちが、少女を取り囲んでいた。

『ほーう。きみは、罪を犯したいというのかぁい？』

相沢が菜月を指さして迫る。

王子役をやらせなかったことを後悔させてやると豪語していただけあって、芝居に対する熱がちがう。菜月はタジタジだ。

『そうよ！』

賀部のナレーションで、菜月は慌ててステージ奥に吊ってある城を見上げ、手を広げた。

『私は踊りたいの！　たとえ、あのお城で行われているのが罪人たちの舞踏会だと知っても――それでも！　少女は必死に訴えます』

曲の前奏が始まった。

『だーったら、あいつらに負けない罪を犯さないとなぁ！』

『そう！　……たとえば』

舞台に出ている相沢の代わりに音響を担当しているのは、城嶋だ。

『♪ポケット手をつっこみゃ　マッチの箱ひとつ』

岩木たち妖精役の面々がフォーメーションどおり、一糸乱れずに動く。練習の賜物《たまもの》――というより、相沢がうるさかったせいだ。

『ボッ！』

歌の途中で相沢が突然、菜月に声を張り上げた。

びっくりしている菜月を尻目に、何事もなかったように朗々と歌い上げる。

『♪そんな寒かないのに　おまえは火をつけたぁ〜』

舞台袖で、岡田と高村が不安げに顔を見合わせた。

「なに、あの『ボッ』て。アドリブ？」

「気合い入りすぎっていうか……」

調子に乗った相沢の暴走は続く。

『♪ゆれる炎　浮かびあがる　遠く甘い生活　ダンスお喋りドレスのフリル　明け方の恋遊び　燃えあがれよ焼きつくせよ　ボボボボーボ　ボボボボー……』

『♪必要なのは罪　それもでかい罪だ』

『♪いっそ着火しちゃえ　怒りおもむくままに』

『♪ためらうなよ恐れるなよ　その火放ってみろよ　瞳のなか　炎のあか　おまえとつくにイカれてる　燃えあがれよ焼きつくせよ　ボボボボーボ　ボボボボー　ボボボボーボ　ボボボボーボ　ボボボボーボボボボボー！』

相沢につられた妖精軍団はみなノリノリで、舞台の異様な熱気に客席はしんと静まり返っている。

「燃やし尽くすどころか、寒くて凍え死ぬっつーの！」

岡田の声に、奥でメイク中の大樹が振り返った。

「オイ、大丈夫なのか？」

心配そうなのに、すでに玉子の扮装をしているので、ふざけているとしか思えない。

「コラ、動くな！」

アイペンシルでチョビ髭《ひげ》を描いていた小田桐が、玉子のかぶりものを手で挟んで大樹をぐるんと前に向かせた。

「あんた出番、次でしょ⁉」

アシスタント役の栃倉が軽く大樹をにらむ。

「相沢なりに頑張ってんでしょ」

陽子と並んで街人の衣装に着替えながら、明日香が言った。

舞台裏には、すでに衣装をつけたほかの街人役たちがスタンバっている。

「でもよ！」

振り返った大樹を、小田桐が問答無用でまたぐりんと前に戻す。

「成瀬心配なのはわかるけどさ、みんなだって不安の中、頑張ってんだよ」

相沢たちが一生懸命歌い踊っているのは、舞台裏にも伝わってくる。

「ま、私は来ても来なくてもどっちでもいいけど」

栃倉が軽い調子で言った。

「ハァ?」

ムッとして栃倉のほうを向いた大樹を、小田桐が三度、元の位置に戻す。

その大樹の耳に、いつになく真剣な栃倉の声が聞こえてきた。

「どっちでもやることは一緒ってこと! 最悪なのは舞台失敗することでしょ? もしそうなったら、たぶん成瀬が一番後悔すると思う。だから、どっちにしろ成功しなきゃダメなんだよ!」

明日香や陽子、街人役のクラスメイトたちが、意外そうに栃倉を見ている。

小田桐だけがメイクの手を止めず、チョビ髭の出来栄えを確かめながら言った。

「本音は?」

ホラ、キャラちがってるよ。

親友の意図に気づいて、栃倉は気恥ずかしそうに立ち上がった。

「あんなに練習したのに、無駄にしたくねーし!」

「確かに!」

真っ先に声をあげたのは、甲子園の前例がある陽子だ。

「まあそうだなー」

「なにをいまさら。もう始まってんだよ？」

「ホントホント！」

みんなが口ぐちに言い、場は自然と和んだ。

――ああ、やっぱ俺、なんも見てねえわ。

大樹はフッと微笑み、名前も用途もわからない化粧道具に混じって置いてある自分のスマホに目をやった。

「そっちはまかせたぞ。坂上……！」


舞台は続く。

『妖精たちの口車にのり、少女は美しい街に火を放ちました。ですが、人々は大騒ぎで、少女のことなどお構いなしです』

逃げ惑う街人たちに、菜月が必死に訴える。

『あ、あの。私が犯人なんです！　なので、お城の舞踏会に……』

『ああ、いいからいいから。ちょっとあっちに行ってて！』

突き飛ばされて尻もちをつき、燃え上がる街をバックに打ちひしがれる菜月。

『なんの罪にも問われず、少女は絶望します。すると、今度は謎の玉子が現れて、少女をそそのかします』

玉子のかぶりものをつけた大樹が、菜月の前に立って不敵な笑みを浮かべて言う。

『そんな罪じゃぁ、罰をうけるなんて夢のまた夢だ。いいかい、この世でもっとも重大な罪は「言葉で人を傷つける」ことだ』

第四幕『ｗｏｒｄ ｗｏｒｄ ｗｏｒｄ』。悪口を言い散らす少女の菜月に、街の人々が応酬する。

『♪アタマワルイ』

『♪うるせぇな』

『♪カオモワルイ』

『♪ほっとけよ』

『♪あんたの前世は虫』

『♪カネガナイ』

『♪ふざけんな』

『♪カチモナイ』
『♪ひどすぎる』
『♪母ちゃんはでべそだ』

『♪あっちいけこっち見んな』
『♪おいこいつ黙らせろ　好き勝手いいやがる』
『♪空気吸うなもったいない』
『♪憎らしいその口を　永遠にふさぐぞ』

『♪キモスギル』
『♪なんてやつ』
『♪ムリスギル』
『♪ゆるせない』
『♪えんがちょにバリアー』
『♪ダイキライ』

『♪こっちもだ』

『♪シンジャエヨ』

『♪てめえがな』

『♪ナンマイダ　チーン』


「もう、全部燃えちゃえばいいっ!!」

ベッドに座った順は、頭を抱えたまま全身で叫んだ。

「私も、私の心も、私のお喋りもっ！」

吐き出すように、からだを折って叫ぶ。

「成……」

「お喋りのせいにしなきゃ！　どうしていいのかわかんない。どうすればいいか、わかんないんだもん！」

「………」

拓実はこぶしを握りしめ、そして、吹っ切るように言った。

「成瀬順！」

突然フルネームを呼ばれた順は、ビクッとして顔を上げた。

「……な、なんだよ！」

「おまえ、可愛《かわい》い声してるよな」

「⁉」

急になにを……けれど、拓実はいたって真剣だ。

「もっと、喋ってくれよ。おまえの本当の言葉ってやつ。もっと俺にくれよ」

「は、話聞いてなかったの⁉」

順はカッとして言った。

「ダメに決まってるでしょ！　言葉は……誰かを傷つけるもん！」

最後はうつむき、うなだれて、前髪の間から涙がこぼれ落ちる。

「俺を傷つけていいよ」

「‼」

泣きながら顔を上げると、拓実の真摯な目にぶつかる。

「傷ついていいから、おまえの本当の言葉、もっと聞きたいんだ」

拓実はゆっくり近づいてきて、順の前で膝をついた。

「……成瀬」

懇願するような、拓実の目。

「……！」

順の顔がくしゃっとゆがむ。

どこまでお人よしなの、坂上拓実。罵倒されれば逃げ道もあるのに、その優しさは残酷だ。

順は立ち上がりざま、拓実をえいっ！　と突き飛ばした。

「……え？」

尻もちをついた格好の拓実が、驚いたように仁王立ちの順を見上げてくる。

「……じゃあ今から、傷つけるから……！」

覚悟を決めたように、拓実がうなずく。

「……うん」

順はお腹のまえで手を組んで、ぐっと力を込めた。

なぜか順の気持ちをわかってくれたひと。

いつも順の言いたいことを聞いてくれたひと。

順に歌をくれ、本当の順を見て、順の喋りたいことを伝えようとしてくれたひと……。

あえぐように息を吸い込むと、順はお腹の底から叫んだ。

「優しいフリして卑怯者《ひきょうもの》!!　おまえなんて時どきわき臭いくせにっ！」

一瞬ひるんだあと、拓実はからだを起こし、背筋を伸ばして座り直した。

「……うん」

「顔だって、そんなによくない！　ピアノがちょっと弾けるからってモテるとか勘違いすんな、嘘《うそ》つき者！」

「うん……！」

「思わせぶりなことばっか言って、いいかっこしい野郎!!」

「うん！」

「それから！　にっ……」

言いかけて、口が止まる。

——でも、いいんだ。言ってやる。順は息を吸い、さらに力を込めて叫んだ。

「あの女!!　あの女も同罪だ！　嘘つき、いい人ぶりっこだ!!　ああいうのが一番タチが悪いっ！」

「……うん」

菜月のことを言われて一瞬ためらったが、拓実はしっかりとうなずいた。全部——

全部聞くと約束したんだ、というように。

「それからっ!　それから……!　それから……」

「……それから?」

「もう……なにも言うことなくなった」

「……ほんとか?」

「なくなった!」

カンシャクを起こした子供のように、順は叫んだ。

「それで全部か?　おまえの本当の言葉!」

拓実が詰め寄るように言う。

「……!」

歯を食いしばり、腕でごしごし涙を拭うと、再び顔を上げて叫ぶ。

「名前っ!!」

「……え?」

「さっき、私の名前言った!　私、あなたの名前言ったことない!」

拓実は少し呆気にとられていたが、やがて覚悟を決めたように目を閉じた。

「……言ってくれ」

「…………」

順はゆっくり口を開き、小さく息を吸った。そして、ささやくような声で言った。

「坂上、拓実」

「うん」

「坂上、拓実」

「うん」

「坂上拓実」

「うん」

「坂上拓実！」

呼び続けるうちに、だんだん力がこもってくる。

「坂上拓実！」

身を乗り出すようにして叫ぶ。

「う……」

拓実の返事がふいに止まって、順はハッとした。

「え……？」

見まちがい？　……じゃない。

拓実の目から、つーっとひと筋、涙がこぼれ落ちた。

「あれ……なんでだろ」

自分でもびっくりしたように言い、手で涙を拭う。

順が黙って見下ろしていると、拓実はゆっくり話しだした。

「あのさ、俺、成瀬と同じだったよ。喋りはするけど、本音とか、思ったことを言わない癖がいつの間にか、ついててさ」

両親の聞くに堪えない言い争いは、大音量の音楽が消してくれた。

菜月が待ち合わせの場所に来なかったとき、母親が「ごめんね」と出ていったとき、菜月に「ちがうよ」と言われたときだって、大丈夫、気にしてないから——自分にそう言い聞かせてきた。

菜月が勇気を出して来てくれたときでさえ、自分から背を向けてしまった。

「そしたら誰かに本当に伝えたいことなんてなんにもないんじゃないかって思うようになった。でも、成瀬と会って……おまえはふだん喋らないけど、ほんとは伝えたいこととかいっぱいあって……」

拓実の口から語られる言葉を、順は息を詰めるようにして聞いている。

「そしたらさ、俺も……なんか。まだ誰かに伝えたいこと。喋りたいこと、いっぱいあったんじゃないかって……！」

順と同じだ。傷つく言葉を、言いたい言葉を、ぜんぶ玉子の中に閉じ込めたのだ。

玉林寺の祠の玉子には、きっとそんな言葉がたくさん詰まっているにちがいない。

ステンドグラスから日が差し込んで、舞い上がる埃がふわふわ光に反射する。

「……俺、おまえと会えて、うれしいんだ」

拓実はそう言いながら立ち上がり、胸に手を当て、訴えるようにまっすぐ順を見据えた。

「おまえのおかげで、俺、いろいろ気づけた気がするんだ！」

「……！」

全部、おまえのせいじゃないか——幼い頃、父親に言われた言葉がふいに脳裏によみがえる。

「……私の……おかげ？　せ、せいじゃなくて？」

順はおそるおそる言った。

「そうだよ！　だから、やっぱり玉子なんていない！」

「……え？」

「だって、そいつの言ったことは嘘っぱちだった！　だって俺」

拓実はぴったりの言葉を探すように少し目線を落とし、そして顔を上げた。

「おまえの言葉でうれしくなったから!!」

順の目が大きく見開いた。

「……私の……」

全部吐き出して空っぽになった心に拓実の言葉が沁《し》み込んで、溢《あふ》れるくらいに優しさで満たされていく。

拓実も、順の言葉で、こんな気持ちになったのだろうか……。

順の瞳が濡れて潤み、ステンドグラスに映っていた玉子のシルエットが、ふらっと大きく揺れた。

順の足元に、玉子の殻が砕け散る。ふわふわ宙を舞っていた羽根飾りつき帽子が、その上にパタリと落ちた。

「だから……」

言いかけた拓実を、順がさえぎった。

「私も、坂上くんのおかげ……」

「え?」

「坂上くんの……仁藤さんの、田崎くんの、みんなのおかげ……だったのに……」

順は、組んだ手を握りしめた。

なんてことを……本当に、なんてことをしちゃったんだろう。

いまさらながら自分がしたことの重大さを思い知って、ぐっと目を閉じた——そのとき。

「行こう」

拓実がきっぱり言った。

「みんな待ってるよ。おまえのこと、待ってる！」

拓実が、順に手を差し伸べている。

「…………」

順は手を出しかけて、思い直したようにその手を止めた。

「私……言いたいこともうひとつあった」

「え？」

覚悟を決めたまなざしで、順は言った。

「私、坂上くんが好き」

順の不意打ちに驚いて、拓実は動きを止めた。

が、少しだけ目を伏せたあと順を見つめ、拓実もまた、真剣な表情で答えた。

「ありがとう。でも俺、好きな奴がいるんだ」

思わず顔がゆがむ。わかってはいても、胸は痛い。

「……うん」

順は深くうなずくと、泣き笑いのような顔を上げ、拓実に手を伸ばしながら言った。

「知ってたよ」

そして、迎えるように握りしめてきた拓実の手を、順もしっかりと握り返す。

外はいつの間にか、雲の切れ間から青空がのぞいていた。

*

「ねえ！　ちょっと田崎!!　これ、あんたの光ってる！」

上手の舞台袖でスタンバっていた大樹に、栃倉が叫んだ。

「なに!?」

化粧道具の間で、大樹のスマホが光を放ちながら着信を告げている。

そばにいた小田桐がそれを手に取った。

「あ！　ほら坂上からだよっ！」

「貸せっ！」

小田桐からスマホを奪うように取り、急いで電話に出る。

「坂上か？　……見つかった⁉」

「え⁉　成瀬見つかったの？」

明日香が驚いて大樹を振り返る。

「でもどうすんの？　これから……」

陽子は不安そうだ。

二階の音響室に戻った相沢にも、拓実からメールが届いた。

「拓、成瀬とこっち向かってるって！」

賀部がホッとした顔になる。

下手側の袖には、衣装係の渡辺が知らせに走った。

「いまから仁藤と入れ替え？」

「でももう中盤過ぎてるぞ？」

罪人役の三上と偽王子役の福島が顔を見合わせる。

「マジ？　拓ちゃんくんの？　く～‼」

王子役を免れそうな岩木が、ひとりガッツポーズを決めた。

「あと出れるのって……」

小田桐と枥倉が話している。

急げよと念を押して電話を切ったものの、大樹も不安の色を隠せない。

「ちょうどいいじゃん」

楽屋入り口から城嶋が現れた。

「いいってなにが」

懐中電灯で自分の顔を下から照らしている担任に、小田桐が顔をしかめる。

城嶋はニイッと笑って言った。

「このあと『少女の心の歌声』ってあるだろ?」


ミュージカルはもう終盤に入りつつある。

ずっとうなだれたままだった泉は、耐えきれなくなって目を閉じた。

みかんを乱暴にカバンに突っ込み、腰を浮かせながらコートをつかんだ――その手に、しわだらけの手が重ねられた。

拓実の祖母が、優しく泉を見ている。

その向こうから、祖父が穏やかに言った。

「もう少し、観ていきましょう」

「そうよ。順ちゃんも、うちのたっくんも、すごく頑張って準備してたんだから」

祖母が微笑む。

「…………」

泉は迷うように目をそらし、それでも、浮かせかけた腰を下ろした。

『少女は考えつくだけの悪口を言いまくりましたが、やはり罪には問われませんでした。そのうえ、みんなに嫌われて、村八分にされてしまったのです。あまりのショックに、少女は気づくと声を失っていました』

第五幕『わたしの声』。舞台中央では、菜月がスポットライトを浴び、苦しそうに喉を押さえている。

『玉子の、邪悪な笑い声があたりに響き渡ります――』

『ハハハハハ！』

背後に立った玉子姿の大樹が、大音量で笑い声を放った。

『言葉を失ったか！　それがおまえの罪への罰!!』

回り込むように歩き、真横で立ち止まって、菜月をズバッと指さす。
『皆がおまえの声が出ないのを望んでいるんだっ‼』
泉はビクンと顔を上げた。慌てて口元を押さえる。
ちがう……そんなこと望んでなんか……涙ぐみながら小さく肩を震わせていると、
前奏が始まった。
大樹が、頼むぞ、というようにあごに力を込める。
菜月が祈るように目を閉じた、次の瞬間――。
『♪わたしの声　さようなら……』
澄んだ大きな歌声が体育館に響き渡った。
まさか……泉がハッと目を見開く。
『♪あの山の先の　深くねむる湖に　行ってしまった』
開かれた、体育館の扉――。
白い布をまとった裸足の順が、真ん中の通路を歌いながらゆっくりと進んでくる。
『♪ひとのこころ傷つける　悲しい言葉を　口にしたくないと泣き　行ってしまった』
菜月と大樹の顔に、思わず安堵《あんど》と喜びが走った。
観客席から注がれる視線にも臆することなく、順は通路の真ん中を堂々と歩いている。

菜月はうれしそうにその姿を見つめた。

拓実が順を連れて、こっちに向かっている——途中、舞台袖に戻ってきた菜月に駆け寄って教えてくれたのは、渡辺と岩木だ。

慣れない芝居の疲れも吹き飛んで、菜月は涙ぐんだ。

菜月は舞台の中央に立ち、喉を押さえた格好で順を待った。

『♪おはよう　こんにちは　ごきげんはいかが　ありふれたやりとりが　いまは恋しい』

順が歌いながら、舞台へ誘うように先を照らしているスポットライトの中に入っていく。

照明係の三嶋と田中の息もピッタリだ。

大樹が、よし、と心の中で握りこぶしを作ったとき、舞台袖の幕が揺れた。

幕の間から拓実が顔をのぞかせ、順を見つめている。それから、ほっとしたように大樹に目配せしてきた。大樹も力強くまなざしを返す。

『♪わたしの声　消えたこと　みんな喜んだ　みんなわたしの言葉を　嫌ってるから』

泉は呆然とうつむいたまま、歌を聴いていた。

娘の歌声が、近くを通り過ぎていく。

ゆっくり顔を上げると、溜まっていた涙がぽろっと流れ、膝の上で握った手に小さな水たまりを作った。


体育館の後ろの扉では、明日香と陽子が、満足そうに舞台を見つめていた。

体育館の玄関で、白い布を持って順たちの到着をいまかいまかと待ち構えていたのもふたりだ。

当初、舞台の上に喋れなくなった少女の順を残し、裏から菜月が歌う予定だった『少女の心の歌声』。

「あれ歌いながら出てくりゃいいじゃん」

城嶋の案が、こうもうまくいくとは。

「心の声が出てくる？」

「ちょっ？　それって少女ふたりになっちゃうじゃん！」

反対する明日香と陽子に、城嶋は事もなげに言ったものだ。

「いいんだよ。だってミュージカルには奇跡がつきものだろ？」

拓実が王子の衣装に着替えていると、出番を終えた大樹がやってきた。

玉子のかぶりものをつけたまま、よくやった、と拓実にうなずく。

改めて大樹を見つめた拓実は、噴き出しそうになって慌てて口を押さえた。笑い声なんか立てて、舞台を台無しにしてはいけない。

――それにしても、小田桐たちの玉子メイクは冴《さ》えてる。

笑いをこらえてからだを震わせている拓実を、大樹が凄《すご》い目でにらみつけた。

『♪おいおいと泣きながら　去って行った声　残されたわたしは　もう　泣くことできず……』

順が歌いながらステージに上がってくる。

菜月は喉を押さえたまま、順のほうを見た。

伏し目がちだった順が、つと顔を上げ、菜月にまっすぐ視線を向けて歩いてくる。

菜月は小さくうなずいた。

ふたり並んで舞台中央に立ち、前を向く。その瞬間、歌が終わって照明が落ち、ナレーションだけが響く。

『こうして言葉を失った少女はひとり森をさまよい、絶望の中でついに倒れてしまいます。しかし、そこにひとりの王子様が通りかかり、少女を助けてくれるのでした——』

菜月を残して袖に戻ってきた順に、王子の扮装になった拓実が近づいてきた。やや緊張気味に微笑みながら、胸の前で両手を上げる。

順もおずおず両手をあげると、拓実がパン！　手と手を打ち合わせ、「行ってくる！」というように舞台へ出ていった。

『おやお嬢さんどうしたんだい？　なに？　言葉を玉子に……？』

体育館の入り口では、不安だった順を、拓実が力強い目で送り出してくれた。いま、自分の手はちゃんと拓実を送り出してあげられただろうか——。

順がじっと両手を見ていると、

「成瀬っ！」

声がして、陽子がいきなり抱きついてきた。

その後ろには、みんながいる。

「よかったよ、成瀬！」

「うん、登場も派手で面白かった」

驚いている順に、口々に声をかけてくる。

「でも本当よかった！」

「ちょっとハラハラしたけどねー」

「心配したんだよ？」

「でもすごい度胸だったよ！」

たくさんの優しい言葉に包まれて、たちまち涙が溢れそうになる。

「成瀬！」

小田桐が入ってきて、順にライトを向けた。

「早くメイク——って!?」

「ちょっと泣いちゃダメ！　メイクできなくなるでしょ!!」

化粧道具を抱えた栃倉も慌てている。

ライトに照らされてぼうっとしていると、大樹がやってきた。

「成瀬。すぐまた出番だからな。最後まで頼むぞ！」

「……私……みんなに……迷惑かけて……」

喋りだした順に一同、目が丸くなる。

「……なのに……」

言葉に詰まってうつむいてしまった順を、皆、黙って見守っている。

と、陽子が順の巻きつけていた布で、涙を優しく拭きながら言った。

「ほら、だから泣いちゃだめだって。最後までやるんでしょ？」

「……‼」

ああ、本当に玉子なんていなかったんだ。

呪いをかけたのは——私。

玉子は私。

ひとりで玉子に閉じこもってた、私自身——。

順は陽子を見つめ、しっかりうなずいた。

「よし、じゃあ急ご！」

小田桐が言った。

「渡辺、衣装！」

「うん！」

よかったな、成瀬——大樹はふっと表情をゆるめ、舞台のほうを見やった。

『ははは、君は面白い人だな』

王子に扮した拓実が、身振り手振りで必死に訴える菜月の手を取る。

『王子は、少女が「言いたいことがあるのに言えないのだ」と解釈し、彼女の心を溶かすように優しい言葉をかけてくれます』

第六幕『玉子の中にはなにがある』の曲が流れ、拓実が菜月と踊りながら歌いだす。

『♪玉子にささげよう　beautiful words　言葉をささげよう　玉子のなかにはしらけた白身と　ぶきみな黄身　ダメダメそうじゃない　割ってしまったらすべてがおじゃん　手のひらにのせて　そっと語りかけてごらんよ　胸のなかひめていた　気持ちを言葉に』

菜月を見つめながら、思いを込めて拓実が歌う。

『♪楽しい嬉《うれ》しい可笑《おか》しい愛《いと》おしいちょい恥ずかしい　悲しい憎らしいねたましい狂おしい苦々しい　すべての言葉が　響きあい求めあいまざりあって　産声をあげるから　君だけの世界……』

いったん暗転し、ナレーションが続く。

『王子様と出会ったことで、少女の中に愛の言葉が生まれていきます。けれども、喋ることのできない少女は、それを伝えることができません。そんなとき、王子様が暗殺されそうになるという事件が起き、邪悪な王子の策略で、少女は犯人にされてしまいます。声が出ないために、誤解を解くことができない少女は、いままで自分が傷つけてきた人々に捕まり、処刑されることになってしまったのです』

舞台は第七幕『こころは叫ばない』。

斬首台に立たされた少女を、人々が取り囲んで責め立てる。

『舞踏会なんて、生ぬるい刑ではだめだ。おまえの首をちょんぎる！』

『言い訳をするなら、してみろ！　ほらほら、早く！』

『父上、皆を止めさせてください！』

王子は懸命に少女をかばい、王さまに懇願する。

『王子よ。もうこうなっては、私も民を止めることはできない』

『そんな……！』

『♪こころは叫ばない　つたえたいことあった気がするの　だけどもう届かない　ならば　別れの言葉もいらない』

斬首台に立たされた少女に、王子が叫ぶ。

『少女よ……皆に叫ぶんだ！　自分の気持ちを叫ぶんだ！』

『そのとき、少女の目から涙がこぼれ落ちました。少女の涙は大地に沁《し》み渡り、それが芽吹き、花が咲き、鳥が飛んできて――少女の閉じ込めていた思いを、花や鳥たちが代わりに歌います』

『♪心を叫んでごらん　こわがらずに大きな声で　あなただけの言葉が　この世界を輝かせるよ……』

観客はいつの間にか物語に引き込まれ、皆、食い入るように舞台を見つめている。

『少女の本当の気持ちを知った人々は、少女の罪を許しました。そして、世界が少女に向かって歌いだしたのです――』

ナレーションの最後にかぶせて、終幕の曲『心が叫びだす』と『あなたの名前呼ぶよ』が始まった。

賀部の目配せで、城嶋がマウスを操作する。

役目を終えた賀部が、ホッとしてマイクのスイッチを切った。

「よし、これで最後だな。行ってこい」

賀部がうなずいて出ていくと、城嶋は身を乗り出して舞台を見下ろした。

「……さて」

ステージの上。

静かにお互いを見つめていた菜月と順が、同時に歌いだす。

『♪心が叫びだす　あなたのとなりで見る世界は』

『♪あなたの名前呼ぶよ　優しいあなたの名前呼ぶよ』

拓実の選曲した「悲愴」と「Over The Rainbow」が美しいメロディーを織りなす。

左右から、それぞれ大樹と拓実がふたりのほうへ歩いてくる。

続いて、残りのクラスメイトたちが次々と出てきて並んだ。

背景は、春をイメージしたきれいな色の幕。

仲間たちをうれしそうに見回しながら歌っていた順は、ふと観客席に目を留めた。

母親がいる。

順の視線に気づいた泉が、ちゃんと見てるよ——というふうにうなずいた。

そのやりとりを、拓実たちが歌いながら見守る。

拓実の祖父母は、ハンカチで目元を拭う泉をそっと見やり、微笑んで顔を見合わせた。

『♪すべてが美しい　悲しい過去も涙のあとも』

『♪あなたに教えられた　とても美しいこの世界』

みんなが、順と菜月に声を合わせて歌う。

『♪わたしは叫ぶから　あなたに出会い生まれた気持ち』

『♪この世界を抱きしめるよ　ぜんぶまるごと抱きしめるよ』

閉じ込めていた私の言葉、私の言いたかったこと。歌に気持ちが重なって涙がこみ上げ、順は慌てて上を向いた。

大樹が、いっそう大きな声で歌う。

拓実と菜月も、前を向いて歌い続けた。

終わりが近づいてくる。

順はフリに合わせて手を上げ、涙を拭った。

——大丈夫。私は歌える、最後まで——。

手を下ろして菜月と顔を見合わせ、ふたりだけゆっくりと前に出る。

『♪すべてを愛してる』

『♪あなたを愛している』

後ろで拓実と大樹が、そっと目でうなずいた。

全員で最後のフレーズを歌い上げる。

『♪あなたがくれたこの世界を——』

『♪あなたをこんなに愛してる——』

同時に音楽が終わった。

体育館は静まり返り、しわぶきひとつ聞こえない。

しばらくして、まばらに拍手が聞こえてきた——かと思うと。

「わぁあああ……っ！」

体育館を揺るがすような拍手と歓声が鳴り響いた。

真っ先に手を叩いた山路。

泣きながら力いっぱい拍手している泉。

微笑んで拍手を贈る拓実の祖父母。

よくやったと二階から手を叩いている城嶋。

そして、ステージで呆然としているクラスメイトたち。

順は、目を閉じて天を仰いだ。

その顔に、ゆっくりと笑みが浮かぶ。

透き通った秋空にも負けない、それは清々《すがすが》しい笑顔だった。

＊

事務室のおじさんがふれ交の看板を外し、そのまま横抱きにして運んでいく。

また来年まで、倉庫にしまわれるのだ。

片づけまでがふれ交だ――というワケのわからない言葉を残して、しまっちょは先に引き上げていった。

大道具・小道具、モップがけにゴミ捨て、記念撮影。雑用はたくさんあったが、二年二組の面々はどの顔も満足げだ。

拓実と菜月が体育館の外で雑巾を絞っていると、大樹が腰に手を当てて言った。

「俺、ちょっと成瀬に告白してくるわ」

一拍置いて、ふたり同時に間の抜けた声が出た。

「……は？」

「……え？」

ちょっとゴミ捨てに行った成瀬を手伝ってくるわ――ではなさそうだ。

「俺、週明けたら練習始めるしよ、そしたらあんまヒマねーし」

「それでいまから？」

菜月は少しあきれている。

「おう」

さすが、そうと決まったら即行動が俺モットー、の男だ。

「だもんで、ちょっと抜けていいか？」

拓実は苦笑して立ち上がった。

「まだ片づけ残ってっから、ちゃんと戻ってこいよ」

「……おう。んじゃ、ちょっと行ってくるわ！」

照れくさそうに坊主頭をかきながら、駆け出していく。

直球勝負の大樹のことだ、真剣に告白するんだろう。目を丸くして真っ赤になっている順の顔が思い浮かぶ。

「……なんかすごいね、田崎くん」

「……うん」

拓実は、大樹の後ろ姿を見送っている菜月をちらりと見た。

——俺も負けてられねぇ。

「仁藤」

「ん？」

「あのさ、このまえ聞きたくないって言ってた話の続き、してもいいか？」

とたんに菜月が頬を染めてよろめいた。

「ヤダ」

手に持っていた雑巾で顔を隠して言い、ぷいっと後ろを向く。

「え？」

「……いまはなんか、田崎くんに便乗してるみたいでヤダ」

「……や、そういうわけじゃ……」

どう言おうか口に手を当てて考えていると、「でも」と菜月が顔だけ振り返った。

「今度ちゃんと聞かせて。私も……ちゃんと答えるから」

伏し目がちに言う。

「う、うん」

「場所も、こんな体育館とかじゃなくて、夕暮れの海辺とか……」

「このへん、山ばっかじゃん」

「そ、そうだけど！　もう、早く戻ろ！」

そそくさと体育館の中に入っていく、

「…………」

言いたいことを聞いてくれる人がいる。ちゃんと答えてくれる人がいる。声にすればいいんだ、心のままに――。

拓実はふっと微笑んで、新しい一歩を歩きだした。

ゴミを捨てれば、ふれ交はおしまい。そう思うと、紙くずひとつ、もったいなくて捨てるのが惜しい気がする。

順は、まだぼうっとしていた。

……お母さん、一生懸命、手を叩いてくれてた。舞台を観にきてくれただけでも、うれしかったのに。

帰ったら、話しかけてみようか。

お母さんの甘い玉子焼き、食べたいな——って。

喋らなければ、誰かを傷つけることはないかもしれない。けれど、誰かを幸せにすることもできないのだ。

いつか——いつか、お父さんにもわかってもらいたい。

「成瀬！」

急に呼ばれて振り返ると、大樹が息を切らせて立っている。

「……はい？」

真剣な顔。思わず直立不動になった。なんの用事だろう……。

「成瀬。あのさ、俺と——」

順の顔が真っ赤になったとき、びゅうっと風が吹いた。
溜《た》まっていた枯れ葉がいっせいに舞い上がる。
その中にふと、羽根飾り付きのつば広帽を見たような気がしたけれど、それはたちまち高い空へ溶けていった。

――玉子の中にはなにがある
いろんな気持ちを閉じこめて
閉じ込めきれなくなって
爆発して
そして生まれた
その世界は
思ったより綺麗《きれい》なんだ――

【END】

―本書のプロフィール―

本書は、アニメーション映画『心が叫びたがってるんだ。』の脚本をもとに書き下ろしたノベライズです。

小学館文庫

小説《しょうせつ》　心《こころ》が叫《さけ》びたがってるんだ。

著者　豊田美加《とよだみか》
原作　超平和《ちょうへいわ》バスターズ

二〇一五年九月十三日　初版第一刷発行
二〇一五年十月十三日　第二刷発行

発行人　菅原朝也
発行所　株式会社　小学館
〒一〇一-八〇〇一
東京都千代田区一ツ橋二-三-一
電話　編集〇三-三二三〇-五四三八
　　　販売〇三-五二八一-三五五五
印刷所 ── 中央精版印刷株式会社

この文庫の詳しい内容はインターネットで24時間ご覧になれます。
小学館公式ホームページ　http://www.shogakukan.co.jp

ISBN978-4-09-406212-0